KB075818

엄마의 크리스마스

엄마의 크리스마스

쥬느비에브 브리삭 소설

조현실 옮김

Week-end
De Chasse À La Mère

열림원

어떡해야 할지 모르겠다. 가끔 앞이 전혀 안 보일 때가 있다.
이제 더 이상 길을 그린 그림도, 길도 없다. 아무것도 없다.

차례

"엄마는 동물들 중에 뭐가 제일 좋아?"

길을 걸어가면서 으제니오가 물었다. 크리스마스 전전날 밤이었다.

"코알라, 다람쥐 그리고 수달. 코알라는 유칼립투스 나뭇가지에 네 발로 매달려 있는 게 귀엽고, 캥거루랑 가까이 산다는 점도 좋아. 다람쥐는 도토리 때문에 좋고. 맨날 하는 이야기지만, 도토리 먹는 모양이 정말 귀엽잖니. 수달은…… 글쎄, 멋대가리 없으면서도 처량하게 들리는 이름 때문인가, 물이 생각나기도 하고."

이건 거짓말이었다. 난 속으로는 오히려 아르마딜로 같은 동물을 떠올리고 있었다. 으제니오가 슬며시 내게 팔짱을 끼었다. 심각한 표정이었다. 그러더니 낮은 소리로 물었다.

"엄마, 엘리자베스 여왕은 행복하게 살았을까?"

모자밖에 볼 것 없는 그 꼭두각시 이야기를 누가 해주던? 네 아빠지? 옹졸한 대꾸가 목구멍까지 치밀어 올랐지만 난 담담하게 대답했다.

"그만하면 행복하게 산 셈이지. 자식들한테 좀 실망을 해서 그렇지."

'자식들'과 '실망'이란 말을 나란히 입에 올린 건 괜한 심술이었다. 아이는 금세 기가 죽었다. 그러자 나까지 민망해졌다.

"엄마, 빨랑빨랑! 늦었단 말이야, 잽싸게 좀 가자!"

"그런 말은 좀 안 써줬으면 좋겠다. 엘리자베스 여왕도 그런 말은 절대 입에 담지 않을걸!"

엘리자베스 여왕은 우리의 우상이자 우리의 밥이며, 우리의 수수께끼이고 우리의 속죄양이었다.

"여왕은 행복하게 살지 못했어." 난 결국 이렇게 대답하

엄마의 크리스마스

고 말았다. "행복해지고 싶다는 마음도 별로 없었고."

여왕의 품위 이야기가 나오자, 으제니오는 뭔가 생각에 잠겼다. 그 모습을 보자 이런저런 생각이 꼬리를 물고 이어지더니, 마지막에는 팬티 고무줄이 끊어져서 죽었다는 어떤 여왕의 이야기가 떠올랐다. 팬티의 고무줄이 끊어졌지만, 위엄을 잃을까봐 앉아 있던 돌의자에서 일어나지 못해 결국은 눈을 맞으며 얼어 죽었다는 이야기. 나는 아이에게 그 이야기를 들려주었다. 그리고 얼음장 같은 돌의자에서 얼어 죽는 것이야말로 목숨 걸고 품위를 지키는 일이 아니겠느냐고, 갑자기 교육적 사명감까지 느껴가며 덧붙였다. 하지만 으제니오는 콧방귀를 뀌었다.

"엄만 너무 낭만적이라서 뭘 모른다니까. 그건 그런 이야기가 아냐. 그 여왕은 소리를 지르고 난리를 쳤어. 나라 안에서 제일 힘센 남자들을 열 명이나 불러다가 그 돌의자를 통째로 뽑아서 궁궐로 들고 가게 했대. 아무도 여왕의 팬티가 벗겨졌다고 수군대지 못하도록 말이야. 생각해봐, 그 남자들이 땀을 뻘뻘 흘려가면서 돌의자를 드느라 얼마나 힘들었을지. 그 사람들이야말로 목숨 걸고 품위를 지킨 거라고."

왕족들의 심리는 나보다 으제니오가 더 잘 알았다. 나는 마지 심슨이 그려져 있는 열쇠고리를 꺼냈다. 마지 심슨. 높다랗게 틀어 올린 파란 머리카락이 영원히 흘러내리지 않을 것 같은 그녀의 모습이 정겨웠다. 아파트 1층 로비에서 새들의 경쾌한 노랫소리가 들려오고 있었다. 계단 아래쪽은 온통 새들의 발성 연습으로 요란했다. 원래는 유모차를 놓아두도록 마련된 층계 밑 빈 공간에 새장을 옮겨놓았기 때문이다. 복잡한 아라베스크 무늬가 그려진 커다란 새장 앞을 지나칠 때면, 난 참지 못하고 꼭 한마디씩 하곤 했다.

"으제니오, 이 천사들의 노랫소리 좀 들어봐."

그럴 때마다 아이는 보일 듯 말 듯 짜증을 냈고, 그러면 난 뒤늦게야 제정신으로 돌아왔다. 그뿐이 아니었다. 매일 아침 아이를 학교에 데려다줄 때도 역시 난 똑같은 소리를 되풀이했다.

"저 집 좀 봐, 파리 시내에서 제일 예쁜 집일 것 같지 않니! 어쩜 저렇게 하얗고 매끄러울 수 있을까! 옆엔 정원도 있어. 바닥엔 자갈이 깔려 있네. 키 작은 장미 덤불들이 진한 초록색 철제 담장을 반쯤 뒤덮고 있는 것도 정말 아름답고.

엄마의 크리스마스

창문도 굉장히 높다! 꼭 훤한 이마에 네모난 눈이 달린 사람 얼굴 같지 않니?"

"엄만 맨날 똑같은 소리만 해. 봐라, 들어라, 봐라, 들어라. 제발 내 눈이랑 귀 좀 가만 놔둬!"

농담이 아닌 것 같았다.

내가 앞장서고 아이는 내 옷자락을 붙든 채 뒤따라오며 계단을 올랐다. 아이를 품에 안고 오르내렸던 게 그리 오래전의 일도 아니었다. 그 당시에 내겐 의사들의 충고라면 무조건 안 듣겠다는 오기 같은 게 있었던 듯하다. 아니면 그냥 미련했던 것뿐이든가. 문득 으제니오가 방금 전에 한 말이 생각났다. '엄마, 늦었단 말이야, 잽싸게 좀 가자!'

"그런데 도대체 뭐가 늦었단 말이니?"

내가 못마땅한 투로 묻자, 아이는 웃음을 터뜨렸다.

"그래야 엄마가 좀 빨리 움직이지."

자기도 좀 버릇없이 굴었다는 생각이 들었는지 아이는 우물거렸다.

"교육이란 본을 보이는 거라고 엄마가 맨날 그랬잖아.

늦었단 소리야말로 엄마가 입에 달고 사는 말이라고."

아이는 내 찡그린 표정까지 흉내 냈다. 영락없었다. 잔뜩 신경이 곤두선 내가 목을 꼿꼿이 세우고 턱엔 힘을 주고 이맛살을 찌푸리며 "애, 빨리 좀 해라, 이러다 늦겠다!" 할 때의 모습이었다.

"나도 방학 동안엔 안 그런다!"

"난 그럴 거야! 이제 곧 크리스마스인데, 잽싸게 움직여야지. 우리 어디 갈 거야? 말 좀 해봐. 설마 우리 둘이서만 멀뚱멀뚱 보내는 건 아니겠지? 다른 사람들한텐 다 사랑하는 가족들이 있는데, 우린 도대체 어쩔 셈이야?"

"그건 그렇고, 우리 저녁으로 뭐 먹을까?" 내가 물었다.

소파에서 들려오는 낭랑한 목소리. "맥도날드."

"내가 사다 줄까, 아니면 연인처럼 둘이 다정하게 가서 먹을래?"

구름의 왕자(보들레르의 시 「알바트로스」에 나오는 "시인도 그와 다를 것이 없으니, 이 구름의 왕자"라는 시구에서 따온 표현)는 내가 너무 너그럽게 나오자 좀 놀랐는지 잠시 망설였다.

"엄마가 가서 사와."

깊이 생각한 후에 내린 결정 같았다. 가슴이 짠해졌다. 그래, 그러자 아가.

"무슨 햄버거 사올까?"

집을 나서기 전에 커튼을 쳤다. 핏빛 커튼은 묵직하고 장중했다. 얼마 전, 나는 우리 모자가 함께 쓰는 방에 그 커튼을 달았다. 그걸 볼 때마다 전에 극장에서 일했던 시절을 떠올리게 된다. 커튼의 존재 이유는 오로지 그것뿐이다. 내가 해고당했다는 걸 잊지 않게 하는 것.

창밖으로 우리가 살고 있는 좁은 골목을 내려다보았다. 깜깜한 겨울밤이 창문 하나하나마다 다른 모습으로 어려 있었다. 이 년 전부터 으제니오와 내가 함께 살고 있는 이 옹색한 아파트에는 창문이 딱 두 개밖에 없다. 우리 집 바로 맞은편 벽에는 자그마한 그림 같은 게 새겨져 희미한 조명까지 받고 있었다. 어쩐 일일까. 지금까지 한 번도 그 그림이 눈에 들어온 적이 없으니. 풍경화인가? 바위 같기도 하고, 호수가 있는 듯도 했다. 은빛 그림자만 어렴풋이 보일 뿐이었다. 백 년에 한 번씩만 물속에서 솟아난다는 도시가 바로 저런 모습은 아닐까.

큰길가에 있는 맥도날드는 휑하니 비어 있었다. 입구 왼쪽, 문 가까이에 비올레트가 앉아 있었다. 이 이름은 늘 조용한 그 여자에게 내가 멋대로 붙여준 것이었다. 비올레트는 때때로 내게 이런저런 이야기를 건넸다. 그녀가 거기 나타나는 것도 순전히 수다 떨기 위해서였다. 그녀가 갖고 다니는 불투명한 플라스틱 용기에는 잔가시투성이인 생선 수프가 담겨 있었다. 나는 비올레트에게 뭘 먹고 있느냐고 묻는 경우가 없다. 아이들 이야기, 살아가는 이야기를 함께 나눌 뿐이다. 오늘 저녁, 비올레트는 이미 식사를 끝내고 테이블을 깨끗이 치운 뒤, 알아들을 수 없는 혼잣말을 중얼거리며 빨대를 한 스무 개는 주워 커다란 가방 속에 쑤셔 넣었다. 거기에다 플라스틱 숟가락까지 한 움큼 집어넣으면, 걸을 때마다 그것들이 부딪히며 달그락거릴 것이다. 비올레트의 존재는 마음을 아프게 하기는커녕 오히려 편안하게 해주었다. 늙고 가난하고 외로운 여자지만, 슬픈 기색이라곤 전혀 없는 데다 몸놀림 하나하나가 우아해 보이기까지 했기 때문이다.

더 안쪽, 오렌지색 전등이 켜져 있는 자리에는 하루 종일 맥도날드 바로 앞에서 구걸을 하는 거지가 보였다. 유쾌하면서도 생각에 잠긴 듯한 얼굴이 홀 중앙의 기둥에 반쯤 가려져 있었다. 그는 아예 거기서 산다. 거기서 자고, 하루에 두 번씩 같은 시간에 정해진 테이블에서 식사를 한다. 하숙생인 셈이다. 그는 지금도 목에 종이 냅킨을 두르고 앉아 있었다.

나는 햄버거와 감자튀김 한 봉지, 중국 소스 그리고 빨대 하나를 아들에게 갖다 바쳤다.

"그건 여기 놔두고 물러가거라."

아이가 말했다. 나는 미처 외투도 벗지 못한 채였다. 주책같이 눈물이 찔끔 솟았다. 그렇다고 엉엉 울 수도, 아무렇지 않은 척 시치미를 뗄 수도 없었다. 나는 고슴도치 같은 아이의 머리를 냅다 후려쳤다. 감자튀김이 춤추듯 사방에 흩어졌다.

"망할 자식. 남의 기분 망쳐놓는 덴 선수지!"

"그냥 농담 좀 한 걸 갖고 뭘 그래, 엄만." 아이가 더듬거렸다. "엄만 정말 유머 감각도 없어. 다른 사람들을 엄청 생각해주는 척하지만, 속으론 자기 생각만 하지! 누가 그걸 모를까봐? 그러니까 엄마는 언제나 혼자인 거야. 죽은 쥐새 끼들처럼 이렇게 둘이서만 처박혀 있는 거 봐."

나는 아이에게 다가가서 팔을 붙들고 싶었다. 자식한테 얻어맞고 산다는 어머니들에 관해 사람들이 수군거리던 게 생각났던 것이다. "자식한테 맞아도 싸지. 애들은 응석을 받 아줘 버릇하면 괴물이 된다니까." 또 이런 말도 있었다. "응 석을 안 받아주면, 애들 마음에 병이 생기는 거야."

그러나 으제니오는 나를 때리지 않았다. 대신 내 어깻 죽지로 파고들었다. 아이는 울고 있었던 것이다. 우리는 나 란히 앉아 싱거운 텔레비전 드라마를 보았다.

"크리스마스 걱정은 마. 내가 다 준비해놨으니까. 깜짝 놀라게 해줄게. 너도 좋아할 거야."

나는 중얼대며 불을 껐다. 그리고 아이가 잠드는 걸 가 만히 지켜보고 있었다. 그러면 안 된다고 의사가 매번 충고 하는데도.

가끔 이런 생각이 들 때가 있다. 아픔을 주지 않는 엄 마, 한없이 자애롭기만 한 엄마, 완벽한 엄마는 오로지 죽은 엄마밖엔 없을 거라고. 사실 내가 아들이 잠드는 모습을 들여다보는 건 그 정적의 순간, 모든 것이 파르르 떨리는 그 찰나의 아름다움을 맛보고 싶어서다. 잠드는 아이를 들여다보고 있노라면, 비로소 내가 살아 있다는 걸 느끼게 된다. 아름다운 꽃을 감상할 때처럼. 난 이런 내 행동을 이해하려 애쓴다.

이제 크리스마스가 이틀밖에 안 남았군. 나는 자려고 누웠다가 깜짝 놀라 중얼거렸다. 이 난국을 또 어떻게 넘긴다지?

아침에 눈을 떴을 땐, 어디에서고 아무 소리도 들리지 않았다. 골목 전체가 비어 있었다. 아니, 도시 전체가 비어 있는 것 같았다.

"나, 새 한 마리 사줘."

으제니오가 중얼거렸다. 그릇 속엔 뭐가 담겼는지, 숟가락으로 계속 뒤적거리고만 있었다.

"아래층에 카나리아가 있잖아."

"아니, 내 새 말이야. 내가 돌봐주고 이름도 지어주고 그러게. 어, 그러고 보니까 아래층 새들이 왜 이렇게 조용하지? 간밤에 너무 추워서 얼어 죽은 거 아냐?"

아이의 황당한 악의와 잔인함에 난 빙그레 웃고 말았다.

"엄마, 나 새 좀 사줘."

시리얼이 맛있어서일까, 아니면 내 얼굴에 잠시 깃들어 있던 평화로운 표정에 자신을 얻은 걸까. 으제니오는 고집을 부렸다. 결국 우리는 함께 집을 나섰다.

"오늘은 일 년 중에 제일 낮이 짧고, 제일 따분하고, 제일 추운 날이야."

으제니오는 기분이 꽤 좋은지 말이 많았다.

"엄마, 크리스마스는 어디서 보낼 거야, 응? 엄만 그렇게 똑똑하다는 사람이, 내일이 바로 크리스마스이브인데도 어딜 갈 건지조차 생각을 못 해봤단 말이야? 누가 우릴 기다려주는 것도 아니고, 선물도 없고, 이 불쌍한 으제니오를 위한 벽난로도 없고. 거봐, 엄마, 도대체 이혼은 왜 한 거야?"

이 마지막 말을 아이가 정말로 했는지 안 했는지는 잘 모르겠다. 아마 안 했을 것이다. 그저 내가 그렇게 생각했던 것뿐이리라. 마치 유행가의 한 구절처럼. 가는 곳마다 우릴 쫓아다니는 그놈의 고약한 유행가 가사처럼!

　길모퉁이를 돌 때마다 세찬 바람이 불어닥치는 통에 우리는 어깨를 잔뜩 움츠리고 고개를 푹 숙인 채 걸었다. 센 강 근처, 도핀가에서 으제니오가 장난감 가게 하나를 발견했다. 거긴 가게라기보다 차라리 컴컴한 복도 같았다. 나는 그런 곳에 으레 스며 있을 것 같은 나무 냄새, 니스 냄새, 보석 호박 냄새, 영국 냄새 따위를 떠올리며 안으로 들어갔다. 장난감 가게란 다른 세상들로 들어가는 대기실이요, 장난감이란 기호이며 지표이며 눈속임이다. 드러내놓고 말해본 적은 없지만, 나는 늘 막연히 그런 생각을 해왔다. 게다가 의도한 것도 아니었고, 스스로도 깨닫지 못했지만, 어느새 그 소박한 신앙을 아이에게까지 전도시켰다. 우리의 제단은 바로 11월 15일부터 백화점을 장식하는 쇼윈도들이었다. 봉제 곰인형들은 춤을 추며 작은 금색 오븐에 파이를 집어넣는다. 그 옆에선 한 무리의 암토끼들이 옅은 파란색, 혹은 짙은 노란색의 모슬린 원피스를 입고 크리스마스 캐럴에 맞추어 폴카를 추며 앙증맞은 꽃다발을 흔들어댄다. 이런 것들이 바로, 이 순박한 신앙의 작은 신들이었다.

　도편가의 가게에서 풍기는 냄새도 기대감을 주기에 충
분했다. 이 말은, 먼지, 밀랍, 과자 부스러기, 니스 칠한 나무,
낡은 벽지, 잉크, 꿀 등이 풍기는 냄새가 뒤섞여 마음을 푸
근하게 해주었다는 이야기다. 게다가 내가 은밀하게 '또 다
른 세상으로의 출입구'라 부르는 장소를 찾았다는 뿌듯함
에 젖어들 수도 있었다. 카운터에서는 한 여자가 무선전화기
로 크리스마스이브의 파티 메뉴에 관해 이야기하고 있었다.
으제니오는 바닥에 주저앉은 채로, 속에 만화경이 들어 있는
계란 모양의 장난감 몇 개를 들어보기도 했고, 트럼프 상자
를 열어보기도 했고, 팔다리가 꼭두각시같이 움직이는 마분
지 인형들을 만지작거리며 두 손 가득 색색의 구슬들을 움켜
쥐어보기도 했다. 구슬의 용도는 정말 한없이 다양하다. 카
드와 구슬이야말로 모든 놀이의 양대 축이 아니던가. 바닥
에는 녹슨 개구리 게임기(개구리 입에 공을 집어넣어 구멍 속
으로 들어가는 공의 숫자로 점수를 따는 게임기) 하나가 받침
대도 없이 그냥 놓여 있었다. 커다란 굴 껍데기처럼 두껍고

조잡한 자개로 장식된 것이었다. 개구리들이 보기가 안쓰러웠다. 그걸 놔두고 그냥 나오자니 가슴이 쓰렸다.

"아무것도 살 생각 마! 우리 집은 그렇게 넓지 않으니까. 전기 당구 게임기도 있지, 거북이도 몇 마리나 되지, 둥그런 길에다 참호까지 파여 있는 종이로 된 성도 있지, 레고로 만든 하룬알라시드 왕의 궁전도 있지, 파이프 담배 피우는 코끼리 로봇도 있지, 진짜 어린애만 한 킹콩도 있지, 난쟁이 탁구대도 있지…… 그뿐이야? 오만 것들이 다 있잖아. 다음에 봐서 사자. 새는 또 어디다 둬야 할지 고민이다. 그러고 보니 새는 아직 사지도 못했네."

나도 모르게 말소리가 너무 커지고 있었다. 주인 여자는 우리가 뭘 살 사람들이 아니라는 걸 알아차렸다. 파는 물건을 맘대로 가지고 놀고, 가게에서 멋대로 떠들어도 된다고 생각하는 형편없는 부류의 인간들이라는 걸 안 것이다. 여자가 전화를 끊자, 우리는 참새 새끼들처럼 간이 콩알만 해져서 가게를 나왔다.

"그 여자가 자기 엄마한테 하는 말, 너도 들었지? 그 말투하고는." 도망치듯 나온 게 계면쩍어서 나는 아들에게 말을 걸었다. 아이는 너무나 한심하다는 듯이 날 쳐다봤다.

"자기 엄마하고 전화한 건지 엄마가 어떻게 알아? 이 담에 내가 회고록을 쓰게 되면 '참견쟁이 아줌마의 아들'이라고 제목을 붙여야겠어!"

아이는 침울한 기색으로 또박또박 말했다. 나는 얼른 말을 받았다.

"그래, 제목이라도 미리 지어놨으니 다행이구나."

난 아이에게 찰리 채플린의 어머니 이야기를 들려주었다. 우리는 또다시 몸을 꼭 붙이고 걷고 있었고, 길거리엔 아무도 없었다. 다리를 건너면서도 이야기를 하느라, 잿빛 강물과 바로 맞은편 강둑에 딱 한 그루 서 있는 죽은 나무를 보라고 아이에게 일러주는 것도 깜빡 잊었다.

"채플린 모자는 런던에 살고 있었어. 아버지는 어디에 있는지도 모르는 채로. 아주 가난한 동네였대. 눈 뜨고 볼 수 없이 비참했지. 그런데 채플린의 어머니는 보통 여자가 아니었어. 창밖을 내다보면서 아들에게 골목 이야기를 들려준 거야. 그 골목에서 일어나는 온갖 일들, 거기 사는 사람들

의 머릿속에서 일어나는 일들, 그 사람들의 비밀, 그들의 음
악에 관해서 말이야. 이런 식이었지. '저것 봐, 저 아래 보이
는 사람, 그래, 한쪽 발을 하수구에 내려놓고 있는 저 사람.
저 사람이 저기서 뭘 하는지 궁금하지? 무슨 이유로 이 추위
에 밖에 나와서 떨고 있는지 아니? 그건 아내한테 내쫓겼기
때문이란다. 그래, 내쫓겨도 싸지. 배는 고프지, 체면도 말이
아니겠군. 가만있어봐, 빵집으로 들어가는구나. 아마 크루
아상을 살 거다.' 근데 신기하게도 그 남자가 진짜로 초콜릿
빵이 아니라 크루아상을 들고 나온 거야. 찰리 채플린의 어
머니한텐 그런 직관력이 있었어. 정신이 약간 이상했대. 신
경쇠약이었다던가. 결국은 요양원인가 병원인가에 격리 수
용됐지. 하지만 그 여자는 관찰을 할 줄 알았던 거야. 그 재
능을 아들에게 물려줬고, 세상 보는 법을 가르친 거야."

내 이야길 다 듣고 난 으제니오가 한마디했다.

"이상하다, 영국에선 크루아상을 안 먹었다고 들었는데."

아이는 우울해 보였다. 추위 탓에 빨개진 코, 푹 들어간
눈도 그걸 감춰주진 못했다. 우리는 새를 사러 가고 있었다.
모든 것이 완벽해야 했다. 크리스마스이브, 어머니와 아들,

완벽한 행복의 순간. 무엇 때문에 그렇게 얼굴이 어두운지 아이에게 묻고 싶었지만 참아야 했다. 한바탕 해대고 싶은 것도 꾹 참고 있었다. 으제니오가 세상에 나온 첫 순간을 생각했다. 진통으로 얼이 빠져 있던 내 얼굴 위로 의사가 아이를 거꾸로 들고 흔들어댈 때, 난 속으로 이렇게 말하고 있었다. '아가야, 왜 좀 더 입이 크게 태어나지 못했니?' 난 행복의 기회와 입의 크기는 비례한다고 믿고 있었는데, 새로 태어난 내 아기에겐 그런 행운이 따라주지 않았다. 더도 말고 꼭 앵두만 한 입. 처음 본 바로 그 순간부터 이 아이를 너무나 사랑하게 된 건 바로 그 자그마한 입 때문이 아니었나 싶다. 아이에게 사랑이라는 뜻을 가진 러시아어 '류보비'라는 비밀 이름을 붙여준 것도 그것 때문이었으리라.

엄마의 크리스마스

샤틀레 광장은 텅 비어 있었고, 강둑도 스산했다.

"새 파는 가게가 문을 닫았으면 어떡하지?"

내가 아이에게 말했다. 오전 열한 시였다.

우린 얼어버린 무화과나무들과 군인들처럼 일렬로 늘어선 전나무들 사이를 걸어갔다. 갖가지 크기의 전나무들도 인간과 마찬가지로 제각기 다른 형상을 하고 있다는 게 놀라웠다.

"어떻게 골라야 되지?" 으제니오가 중얼거렸다.

"뭘 골라?" 나도 아이만큼 낮은 소리로 대꾸했다.

"에이, 동물 말이야!"

아이가 새를 '동물'이라고 부르는 게 마음에 들었다.

"우선 가게부터 골라야지."

말은 그렇게 했지만 가게들은 다 비슷비슷했다. 그래도 우린 맨 처음 눈에 띈 가게에는 들어가지 않았다. 관광객들한테 바가지를 씌우는 곳 같아서였다. 두 번째 가게는 너무 지저분해서 안 들어갔다. 그다음 가게는 단단한 철창이 둘러쳐져 있고, 안쪽에선 동물들의 신음 소리가 들려왔기 때문에 그냥 지나쳐버렸다. 또 어두운 골목에선 하이에나 냄새가 나서 얼른 지나쳐야 했다. (이게 무슨 말인지는 다들 알 것이다. 하이에나한테는 미안하지만, 그게 얼마나 비천한 동물이며 얼마나 악취가 심한지는 누구나 알고 있다. 모든 사람에게 사랑을 받는 기린도 나을 게 없다. 하이에나보다 냄새가 더 지독하니까.)

우리는 '파파게노'로 들어갔다. 그게 가게 이름이었다. '파파게노: 새, 묘목, 각종 애완동물 취급'.

파파게노의 여주인이 우리 쪽으로 다가왔다. 시뻘건 얼굴이 마치 식인귀 같아 보였다. 이마에 착 달라붙은 짧은 앞머리, 털모자, 원래는 흰색이었을 듯한 고무장화, 거칠고 두 터운 밤색 조끼, 푸줏간 주인 같은 작업복, 그리고 손가락 끝이 주걱처럼 넓적한 손은 금방이라도 목을 조를 듯 억세 보였다. 으제니오가 카나리아를 보여달라고 했다.

우리는 비어 있는 새장들을 수십 개나 지나쳤다. 나는 이슬람사원을 닮은 이국적인 새장들에 마음이 끌렸다. 개 중엔 방 하나만큼 커다란 것들도 있었는데, 거기선 꼭 새들 의 집단탈출이 벌어졌을 것만 같았다. 심지어 아직도 횃대가 가볍게 흔들리고 있는 것처럼 보이기까지 했다. 으제니오가 내 손을 잡아끌었다. 아이는 눈에 띄게 긴장하고 있었다.

"잡아끌지 좀 마."

나는 짜증을 냈다. 한쪽 구석에 비둘기 한 마리가 죽 어 있었다. 아이에게 보라고 할까 하다 그만뒀다. 아이에게 보여줬더라면, '우리 비둘기'를 추모하며 경건한 눈물을 한 방울 떨궜을지도 모른다. 지난여름, 우리 집 발코니를 찾아 와 죽었던 비둘기. 그 비둘기의 피로와 슬픔, 마지막 숨. 다 음 날 아침 발견했을 때 빳빳하게 굳어 있던 자그마한 발들

……. 그만두자. 아무튼 그 비둘기 때문에 으제니오는 엄청
난 충격을 받았었다.

갈매기 한 마리도 감시인 같은 거동으로 이리저리 왔다
갔다 하며 불안감을 주고 있었지만, 아이에게는 보여주지
않았다.

조금 더 들어가니, 새끼 강아지들 주위에 사람들이 모
여 있었다.

"한 마리만 안아봐도 돼?"

으제니오가 간청을 했다. 아이로선 아주 당연한 바람이
었다.

"보나 마나 안 될걸."

머뭇거리면서 내가 말을 받았다. 그러나 문득 규칙을
위반해보고 싶은 충동이 일어 이렇게 덧붙였다.

"아니면, 한 마리 살 거라고 해볼까."

파파게노의 여주인이 흘겨보고 있는데도, 으제니오는
강아지들을 한 마리 한 마리 다 안아보았다. 아이는 스패니
얼, 푸들 그리고 또 무슨 종인지는 모르지만 털이 복슬복슬
한 다른 새끼 강아지에 푹 빠져 있었다.

"얘들을 다 구해줘야 해, 엄마. 얘들이 어린 시절을 얼마나 불행하게 보내고 있는지 좀 봐!" 아이의 계속되는 호들갑에 나는 "얘들은 사람이 아니라 개야" 하고 확실하게 일러주었다.

으제니오에겐 아무 소리 안 했지만, 난 지나치게 감상적인 동물 애호가들에 대해 거부감을 느끼는 편이었다. 바다표범 새끼와 인간을 구별하지 않고, 냄비 속에서 끓고 있는 게의 말 없는 고통을 투치족(르완다 내전에서 학살당한 종족)의 비극과 동일시하며 끊임없이 가슴 아파하는 그런 이들이 있지 않던가.

"이따 밤에 와서 얘들을 다 풀어주자."

내 말에 으제니오는 "알았어!" 하더니 여주인을 향해 돌아서서, 내 시름을 모두 잊게 해줄 만한 미소를 띠고 선언했다.

"이제 결정했어요. 카나리아 두 마리 주세요."

파파게노의 여주인은 분주하게 굴었다. "카나리아 두 마리요, 두 마리!"

"암컷 한 마리, 수컷 한 마리요." 으제니오가 슬쩍 끼어

들었다. "엄마도 좋지? 새들이 행복해야 하잖아. 계단 밑에 있는 그 카나리아들처럼 말이야. 걔들하고 친구가 될 수 있겠지?"

으제니오가 행복 타령을 하는 건 물론 그 끔찍한 날짐 승들이 알을 낳는 걸 보고 싶어서 하는 말이었다. 나는 이렇게 말했다.

"아예 우리 집을 새장으로 만들지 뭐. 깃털 고운 가지각색 카나리아들을 수백만 마리 사다가 그 기막힌 노랫소리를 듣자. 오디오는 팔아버리고 새소리나 들으면서 살지 뭐. 카나리아는 부리를 다문 채로 노래한다더라. 그러다가 지나치면 죽기도 한다지."

"미안하지만 그건 백조 이야기인 것 같은데."

내 사설에 짜증이 난 으제니오가 대꾸했다.

아담과 이브. 곧 우리 식구가 될 카나리아 한 쌍. 큰 녀석이 아담, 작은 녀석이 이브라는 여주인의 설명이 일리가 있어 보였다. 새하얀 깃털에 샛노란 주둥이를 꽉 다물고 있는 두 놈에게 각각 자그마한 플라스틱 덮개를 씌워 포장해 주었다. 이젠 새장과 그 부속물들만 사면 됐다.

엄마의 크리스마스

"어쨌든, 얘들한테는 진짜 즐거운 크리스마스가 되겠네. 다른 녀석들도 더 구해주지 못해서 안됐다."

으제니오가 신이 나서 떠들어댔다.

"이런 건 구해줬다고 하는 게 아니라 샀다고 하는 거야."

내가 꼬집어 말했다.

우리는 새 키우는 데 필요한 용품들을 파는 코너로 갔다. 수없이 늘어서 있는 새장들은 꼭 서민용 임대아파트처럼 보였다. 어느 게 어느 걸 본뜬 건지 알 수 없을 정도로 똑같은 횃대, 똑같은 먹이통이 끝도 없이 이어지고 있었다. 우린 새 두 마리가 들어갈 만한 새장을 하나 집어 들었다.

"벼룩시장에 가면 더 예쁜 게 있을지도 모르는데." 난 여주인의 기를 죽여보려고 일부러 언성을 높여 떠들었다. "『천일야화』에 나오는 그런 것들 말이야. 금색 열매들이 달려 있고, 배들도 달려 있고, 장식 띠까지 둘러진 고급스러운 새장들도 있지. 전에 친척 집에서 봤는데, 꼭 꿈나라에 들어간 것 같더라. 그런 걸 사주면 우리 새들도 나이팅게일이 된 기분일 거야."

"우리 가게 새장들도 매주 금요일마다 소독을 해요!"

여주인이 톡 쐈다.

"엄마는 참! 저 아줌마가 귀머거리야, 바보야?"

으제니오가 속닥거렸다.

짐이 점점 무거워지고 있었다. 한 손에는 아담, 또 한 손에는 이브. 퀴퀴한 냄새를 풍기는 신문지에 둘둘 말아 싼 새장은 으제니오의 팔에 걸려 있었다. 여러 종류의 모이들, 새들이 새로운 환경에 적응하도록 도와줄 작은 장난감 따위는 계산대 위에 쭉 늘어놓았다. 갑자기 이것으로 다 끝내고 싶다는 마음에 나는 황급히 값을 치렀다.

"배고파."

으제니오가 말했다. 짐을 잔뜩 든 탓에 한 대 갈겨줄 수도 없었다. 우리는 입을 다문 채 묵묵히 가게를 나왔다. 제아무리 대단한 나들이도 늘 이런 식으로 끝나기 마련이다. 실망과 씁쓸함에 젖은 채로 택시 뒷좌석에 앉아서.

으제니오는 왼편 차창에 바짝 달라붙어 김 서린 유리창에 토끼를 그리고 있었다. 나는 반대편 끝에 뚝 떨어져 앉아 무릎에 새장을 올려놓은 채 꼼짝 않고 있었다. 바닥에선 아담과 이브가 계속 지저귀고 있었다. 덮개에 덮인 채 여행하는 게 즐거운 기색이었다. 손님은 입을 다물고 새들만 설쳐 대는 게 운전사로선 짜증날 법도 했다. 마침내 그가 으제니오한테 말을 걸 기회를 잡았다.

"어디, 우리 도련님께서는 크리스마스 선물로 뭘 주문하셨지?"

"내가 왜 아저씨네 도련님이에요?"

호락호락한 구석이라곤 없는 내 아들이 톡 쏘아붙였다.

"운전하신 지는 오래되셨어요?"

내가 얼른 나섰다. 어쩌면 쓸데없는 소리를 지껄였는지도 모르겠다. 왼쪽에서 으제니오가 음흉하게 웃고 있는 게 느껴졌다. 거북스러웠다. 운전사는 기다렸다는 듯 자기 이야기를 주절주절 늘어놓기 시작했다. 운전대를 잡은 지 삼십 년이나 됐다고 했다.

"제가 말입니다, 보물을 발견했지 않겠어요!"

그가 어떻게 그 이야기를 꺼내게 됐는지는 정확히 기억나지 않는다. 으제니오는 어느새 졸고 있었다. 아이의 고개가 꺾여 내 어깨에 닿았다. 보물이라…… 그건 내게 중요하면서 또한 순수한 무언가로 여겨졌다.

"이삿짐 나르는 일을 한 덕이었죠."

운전사는 백미러로 나를 쳐다보면서 말을 계속했다. 이런 식으로 상대를 보며 이야기하다보면, 말이 오가는 속도도 느려질 뿐 아니라 의미도 왜곡되어버릴 것 같았다. 그래서 나는 흘깃흘깃 보는 그의 시선을 똑바로 받아냈다. 택시 운전사들이 힘들게 살아온 이야기들을 끝도 없이 늘어놓을 때면, 꼭 정신분석 치료의 한 장면을 보는 듯한 느낌이 들곤 했다. 영국의 정신분석가인 도날드 위니콧은 정신과 치료와 고해성사가 어떤 점에서 다른지에 관해 사제들과 토론을 했다고 한다. 위니콧은 지루하다고 느껴지면 그게 바로 치료라고 사제에게 설명했다.

운전사는 신이 나서 본격적으로 떠들어대기 시작했다.

"친구들이랑 같이 다녔죠. 작은 트럭도 한 대 장만했거든요. 그런데 제가 지금 이야기하는 건 좀 별난 이사였어요. 벌써 몇 년째 제가 이사를 도와주는 손님이 있거든요. 파리에서 샤토루로, 파리에서 리모주로, 또 파리에서 콩카르노로. 정말 별의별 일들을 다 겪었죠. 그래서 그 사람은 거처를 옮길 때가 되면, 저한테 이렇게 말한답니다. '내 유서에 자네

엄마의 크리스마스

를 유산상속인으로 올려줘야겠군.' 정말로 그랬다니까요. 죽을 날이 얼마 안 남았다는 이야기죠."

운전사의 이야기를 들으면서 마음에 든 건, 그가 텔레비전에 나오는 사람들처럼 말하지 않는다는 점이었다. 그는 오히려 옛 프랑스 영화들에서 영감을 얻은 것 같았다. 길에는 울긋불긋한 금박 줄들로 장식을 하고 빨갛고 노란 방울들을 주렁주렁 매단 크리스마스트리들이 쭉 늘어서 있었다. 그런 길 한복판을 지나면서, 침울하면서도 시원시원한 말투로 '죽을 날이 얼마 안 남았다'고 말하는 사내는 내면세계가 풍요로운 사람임이 틀림없었다. 그는 백미러를 흘깃흘깃 살피면서 내가 자기 이야기를 계속 듣고 있는지 확인했다.

"주인 이야기가, 가구들도 싣고 그림들도 실어라, 아무튼 표시해놓은 것들은 중요한 거니까 다 실어라, 그리고 남는 건 당신이 다 가져가라, 다 없애버려야 되니까, 이랬어요. 그 소리는, 깨끗이 쓸어가고 집을 텅 비워놓으라는 거였죠. 그리고 우리가 알고 있었던 건, 그 집에 포도주가 있다는 사실뿐이었어요. 상상을 해보세요. 로마네 콩티, 포마르, 소테른, 라크리마 크리스티, 샤스 스플린, 제브레 샹베르탱, 온갖 종류의 포도주 병들이 줄지어 있는 광경을 말이에요."

허풍 떠는 것도 밉지 않을 때가 있군. 포도주에 대해 좀 아신다 이 말씀이지. 정도가 좀 심하긴 하지만 그냥 들어주자. 지겨운 대화를 참지 못하고 곯아떨어진 으제니오는 코까지 골며 자고 있었다.

"포도주 창고에 가보니까 생각했던 것보다 더 굉장하더라고요. 흙먼지를 뒤집어쓴 포도주 수백 병이 수십 미터나 되는 선반에 차곡차곡 쌓여 있는 거예요."

자신에겐 전혀 해당이 안 되는 이야길 들을 때의 부담감 때문에, 나는 포도주를 거의 안 마신다고 실토해버릴까 하는 생각이 들었다. 자신이 불가지론자라거나 문맹이라거나 혹은 외국인이라는 사실을 고백해야 할 것 같은 의무감이 들 때처럼. 하지만 그렇게 하면 그의 이야기를 망쳐버릴 테고, 그러기엔 이미 너무 늦어 있었다.

"그래서 각자 자기 능력껏 포도주 병들을 안고 올라왔죠. 테이블에 둘러앉아 간단히 요기를 하며 한 잔씩 따라 마셨어요. 그랬다가 다들 동시에 바닥에 뱉어버리고 말았죠. 식초도 그런 식초가 없었거든요. 얼른 로마네 콩티 병을 또

따봤죠. 그 병 본 적 있어요?"

"아뇨, 한 번도 없어요."

나는 확실하게 대답을 해주었다.

"참 멋지더군요. 그런데, 그 안에도 또 식초가 들어 있는 거예요. 병마다 다 그 모양이더라고요. 우리가 완전히 당한 거였죠. 난 아직도 주인이 그걸 알면서 우리한테 말을 안해줬다고 믿지 못하겠어요. 그런데 진짜 기막힌 일은……."

그는 또다시 백미러로 눈길을 보냈다. 자기 이야길 잘 들으라는 무언의 압력이었다. 안 그래도 난 그가 왜 그렇게 엄청난 선물을 기대했는지 의아해하던 참이었다.

"포도주 병들을 다 들어내고 나니까, 뭔가 이상한 게 만져지더라고요. 파봤죠. 그랬더니 무슨 상자 같은 게 있는 거예요. 흙투성이가 된 녹슨 자물쇠를 억지로 열어봤죠. 우리가 얼마나 놀랐는지 아세요!"

"어떻게 됐는데요?"

내가 한마디 거들었다. 마땅히 그래줘야 할 순간이었다. 이야기꾼의 얼굴을 향해 허연 벌레들이 왕창 튀어나왔다거나, 주먹만 한 열대 거미들이 나타났다거나 하는 말에 치를 떨어줄 준비가 완벽히 되어 있었다.

"황금 좋아하세요?"

그는 무슨 주문을 외우듯 낮은 소리로 물어왔다.

"네." 너무 멋대가리 없는 대꾸였다. 하지만 난 황금을 실제로 본 적이 한 번도 없었다.

"휴, 글쎄 말이죠, 금화가 가득 들어 있는 거예요. 금을 좋아하신다니 드리는 말씀이지만, 사실 열여덟 살짜리 어린 아가씨가 맨몸으로 내 침대 속에 들어온 것보다 더 신나는 일 아닌가요. 금이 사랑보다 천만 배 더 낫거든요."

"설마?"

더 적절하고 더 성의 있는 대답이 떠오르지 않았다.

"옛날 금화들이 한가득 들어 있었어요. 나폴레옹 시대 이전의 금화들이요."

그는 멍하니 허공을 보며 꿈꾸듯 중얼거렸다.

"옛날 돈이요?"

얼른 한마디 끼어들었다. 여전히 잔뜩 호기심 어린 말투로. 그러나 실은 그의 말을 막고 싶었다.

"꿈같은 이야기 아닙니까? 루이 13세 때의 금화도 있더라고요. 지금은 다 감정사한테 보내놨어요. 고전학자古錢學者라고 아시죠? 그래도 난 계속 택시를 몰아요. 이건 복권에 당첨된 거나 마찬가진데, 원래의 생활을 바꿔버리면 절대로 안 되거든요. 베르나르 타피(프랑스 사업자 겸 정치가) 같은 사람 보세요. 사는 방식이 달라지니 완전히 망해버렸잖아요. 전 금화를 우리 딸한테 물려주려고 해요. 걔한테 도움이 되지 않겠어요? 우리 애들은 어떤 세상에서 살게 될지 모를 일이긴 하지만."

"엄마는 날 위해서 뭐 마련해놓은 거 없어? 엄마 반지는 말고. 반지 하나 갖곤 별로 쓸데도 없잖아."

아이가 잠이 덜 깬 목소리로 끼어들었다.

"있지, 왜 없어. 넌 그저 아무거나 다 부럽니!"

나는 얼버무렸다.

우리 집 앞에 다다랐다. 내가 보물이 생겨서 정말 좋겠다고 말해주자, 운전사는 아무에게도 말하지 말라고 신신당부를 했다. 말하고 말고 할 게 뭐가 있다고. 우리는 짐을 가지고 올라갔다.

짐을 다 내려놓고 이 주머니 저 주머니 정신없이 뒤져

겨우 열쇠를 찾았다. 문이 열리자마자 으제니오는 새들을 데리고 집 안으로 뛰어 들어가 어느새 자리를 잡았다. 아이는 외투도 벗지 않은 채 옆구리에 새장을 끼고 비스듬히 누워 텔레비전 오락 프로그램을 보고 있었다. 난 귀가 얼얼하게 언 채로 현관 매트 위에 멍청히 서서 짐 꾸러미들을 어떻게 들여놓는 게 가장 합리적일지 궁리를 했다. 난 세세한 집안일들도 체계적이고 효율적으로 하려고 늘 노력하는 편이었다. 안 그러면 머릿속이 복잡해졌다. 카나리아들은 어느새 자기네 집을 좋아하는 것처럼 보였다. 노랫소리처럼 만족스러운 지저귐이 들려왔다.

"나 배고파."

으제니오가 또다시 말했다. 난 가슴이 저려왔지만, 재치를 부린답시고 장난스레 대꾸했다.

"새 사냥을 좀 해볼까?"

"새들은 벌써 갇힌 신센데 뭘. 우리가 무슨 새 잡아먹는 괴물인가? 우리 집 안에서만이라도 애들이 자유롭게 날아다니도록 내버려두면 좋겠어."

아이가 정색을 하고 대들자 난 머쓱해졌다. 나는 아무

런 대꾸도 하지 않은 채 짐 꾸러미를 풀고 정리하기 시작했다. 이런 일은 집 안에 들어서자마자 후딱후딱 해치우는 게 내 철칙이었다. 여행 가방 같은 것도 문을 열고 들어서는 길로 풀어서 정리해버려야지, 안 그러면 끝이 나질 않았다. 그런 일들은 반드시 당장, 빨리 해치워야 했다. 더 중요한 일들을 위해 깨끗이 정돈해놓는 것이다.

아침에 일어나자마자 바로 침대 정리하기, 밥 먹고 바로 테이블 치우기, 잠옷 바람으로 왔다 갔다 하지 않기, 집 밖에 나갈 땐 머리 빗기, 외출할 땐 꼭 눈 화장하기 등도 다 마찬가지 맥락에 속한다.

나는 이런 규칙들이 대체 어떤 남모를 신조에서 비롯된 것인지, 또 어떤 효과가 있는지 스스로에게 자문해보곤 했다. 그리고 그걸 '생활의 예술화'라 부르기로 했다. 그건 내 독특한 성향에 나 스스로가 붙인 이름이며, 동시에 나 자신에 대한 칭찬이기도 했다. 난 모든 물건들을 제자리에 놓아두고, 백합 꽃가지를 곁들인 과일 바구니로 테이블을 장식하여 조화롭고 예쁜 방을 꾸며놓았다. 언제든 누군가가 초인종을 누를 것에 대비하여, 아니 초인종도 누르지 않고 불쑥 집 안으로 들어설 것에 대비하여 행동했다. 감독을 위해서, 오프닝을 위해서, 언제고 모든 것이 다 제자리에 있어야 하는 것이다. 감독이 혹시 지붕이라도 열어볼는지 누가 알겠는가? 그를 위해 마련해두는 자리, 그 마음가짐은 거지를 위해 마련해두는 접시와도 같은 것이었다. 언제 들이닥칠지 모를 죽음에 대비하여, 어느 때라도 자기 물건들을 가지런히 정돈해놓는 것과 마찬가지로. 합리화는 이제 그만두자. 새장, 새장 속에서 살 새들, 그리고 부속품들까지 다 제자리에 놓였고, 연극은 계속된다.

"엄마, 배고프다니까! 벌써 두 시 반이 다 돼가잖아, 나 배고프단 말이야!"

옆방에서 채근하는 소리. 또다시 이마가 땀에 젖었다. 엄마 자격이 없다며 누군가가 으제니오를 빼앗아갈 것만 같았다. 이 아이가 나를 어딘가에 고발할지도 몰랐다.

"뭐 먹고 싶니?"

나는 또렷한 음성으로 소리를 질렀다. 이런 상황에서 대화하려면 소리를 지르는 수밖에 없었다. 이상하게도 그러면 훨씬 더 정겨운 느낌이 들었다. 또 그렇게 소리를 지르다

보면 우리 집이 꽤 넓은 것처럼 느껴졌다.

"엄마, 토마토소스 덮밥 돼?"

〈초원의 집〉을 보고 있는 아이에게 음식 담은 쟁반을 갖다주고, 난방 온도를 약간 올리고, 나도 아이 뒤로 가서 앉았다.

"난 엄마가 이렇게 소파처럼 받쳐주면 좋더라."

아이가 내 배에 몸을 기대며 말했다. 텔레비전에선 어떤 점잖은 남자가 인권선언문을 엄숙하게 낭독하고 있었다. 새들은 각자 자기 횟대에 자리를 잡고 있었다. 편안했다. 나는 으제니오에게 다가올 시간들, 다가올 날들에 치러야 할 전투 계획을 설명해주기 시작했다. 아이는 내 말을 듣고 있지 않았다. 텔레비전 속의 그 작자 때문이었다. 그는 모든 인간이 평등하다는 게 얼마나 좋은 것인지를 역설하고 있었다. 정의니 타인을 위한 배려니 해가며…….

하필 그런 순간을 골라 이야기를 꺼낸 건 어느 정도는 고의적이었다. 그건 여자들, 그러니까 엄마들이라면 다들 잘 알고 있는 술수였다. 전적으로 그렇진 않다 해도 어느 정도는. 그렇다, 전적으로 고의적인 건 아니었다. 나는 아들과 함께 텔레비전 보는 걸 좋아했다. 그러나 집중할 수 없어서 다른 생각에 빠져들곤 했다. 그러다가 아이에게 말을 걸고, 아이는 듣지 못하고, 난 또 그걸 못 참고 소리를 지르고, 아이도 따라서 소리를 지르고, 난 우리 집의 하나뿐인 방문을 쾅 소리 나게 닫고 들어가버리는 것이다. 우리들의 밀월 같은 장면은 늘 이런 식으로 끝이 났다.

"그건 아이가 원하는 융합의 분위기를 네가 두려워하기 때문이야."

마르타는 그렇게 꼬집었다. 나와 고등학교 동창인 그녀는 방사선 촬영을 전문으로 하는 치과 의사였다. 분명 마르타의 말이 맞았다. 내가 그 친구에게서 존경하는 부분도 바로 이성적으로 판단하고 해답을 찾아내는 능력이었다. 이성이라는 것도 결국은 하나의 편견이겠지만.

마르타와 저녁 약속이 있다는 말을 으제니오에게 미리 해둬야 했다. 그녀가 날 급하게 불러냈던 것이다.

"으제니오, 엄만 오늘 저녁에 마르타 아줌마하고 약속이 있거든. 저녁만 먹고 얼른 올게."

난 네 시쯤 공원에 가서 산책이나 하자고 말한 뒤, 이 말을 몇 번이나 되풀이했다. 마르타라는 이름이 방 안 공기를 가득 채우고 넘쳐 썩어들어가기 시작했다. 버려진 아이가 입을 열었다.

"그럼 난? 난 뭐야? 난 언제나 혼자잖아. 크리스마스까지 날 혼자 내버려둘 작정이야? 엄만 나보다 아줌마가 더 좋아? 아줌마는 못됐어. 엄마를 울리잖아. 다른 날 만나면 안 돼?"

아이가 마르타를 흉보는 걸 보자 난 가슴이 아프면서도 웃음이 나왔다. 마르타는 또 마르타대로 같은 소리를 할 게 뻔했기 때문이다.

"넌 왜 언제나 아들하고 나하고 둘 중에 하나를 선택해야 되니? 녀석은 널 울리고, 정신적으로 억압하고, 도무지 네 생활을 할 수 없게 만들잖아. 이기적인 꼬마 폭군이 아니고 뭐야. 이제 두고 봐라, 어느 날인가 고맙다는 말 한마디 없이, 인사 한마디 없이 사라져버릴 테니까. 나라고 뭐 언제까지나 너만 기다리고 있을 줄 아니? 너도 알지, 너의 그 대단한 희생, 그 엄청난 사랑이 아이한텐 조금도 도움이 안 된다는걸?"

나는 으제니오에게 말했다.

"난 가서 잠 좀 자야겠다. 낮잠을 적당히 자는 게 오래 사는 비결이래. 산책 갈 시간 되면 좀 깨워줘."

나는 침대 한복판에 누워 몸을 잔뜩 웅크렸다. 새들은 한가로이 지저귀고, 텔레비전에선 어떤 남자가 읊조리는 소리가 어렴풋이 들려왔다. "여러분이 진정으로 여러분의 자녀를 사랑한다면, 전쟁도 사라질 것입니다." 설핏 잠이 들었는데도 그 말을 듣자 눈물이 나왔다. 진정으로 사랑한다는 게 어떤 건지 우리는 과연 알고 있을까? 그러다 어느새 잠이 들었다.

너무 고요해서 잠에서 깨어났을 땐, 눈 때문에 세상이 온통 정적에 휩싸여 있었다.

"눈 온다!"

나는 으제니오가 들으라고 일부러 크게 소리를 질렀다. 그러나 아이는 내가 뭐든지 가슴속에 담아두질 못한다며 흉을 봤을 뿐이다. 그것도 한 번도 들어보지 못한 짧막한 단어로. '수다쟁이 아줌마'라는 영원불멸의 표현을 새롭게 변형시킨 것이었다. 도대체 애들은 어디서 그런 말들을 배워오는 걸까? 부드럽게 내려 쌓이는 차가운 눈송이들에 관한 내 지극한 찬사를 아이는 귓가로 흘려듣고 말았다. 그런 말들은 이미 유치원 때부터 지겹게 들어왔을 테니 그럴 만도 했다. 아이는 작품에 열중해 있었다. 카펫에 미로 같기도 하고 풍경 같기도 하고 어떤 나라의 지도 같기도 한 그림을 그리느라고 바빴다. 나는 그 작품에 '길의 노래'라는 이름을 붙였다. 아이는 새 머리 모양의 손잡이가 달린 작은 재봉용 가위를 가지고 카펫을 조금씩 조금씩 오려가며 그림을 새겨 넣었다.

"언젠가 그 그림이 완성되는 날엔, 우린 이사 가야 될 거야!"

마르타에게 말했을 때, 그녀는 이렇게 대꾸했다.

"난 네가 어떻게 그런 걸 다 참고 넘어가는지 보면 볼수록 놀라워."

그러나 마르타가 정말로 놀란 건 아니었다. 난 그걸 알았다. 그녀는 내가 무너져 내리길 기다리는 것이었다. 친구들이란 늘 그런 식이다. 주변 사람들이 차례로 실패하는 걸 지켜보면서 은근히 위안을 받는다. 그래서 사람들은 나이가 들면 친구도 없어지는 것이다. 친구가 없어졌다는 건 마침내, 아니 이미, 자신이 늙어버렸다는 가장 확실한 표시들 가운데 하나다. 사람들은 아픈 이들, 이미 죽은 이들 그리고 마지막 몸단장을 받는 이들 말고는 누구에게도 관심을 갖지 않는다. 각자 자기 울타리 안에 들어앉아 이미 예고된 파멸이 현실로 드러나기를 기다릴 뿐이다.

우리는 출발선에 선 채 미련하게 기다리고만 있다. 모든 게 끝나버렸다는 걸 깨닫는 순간까지……. 그토록 기다리던 시합, 싱싱하고 커다란 배춧잎을 향해 끊임없이 이어지던 달팽이들의 달리기 시합이 자신도 모르는 사이에 이미 끝나버렸다는 사실을 알지 못한 채.

"자, 공원을 향해 출발!" 나는 씩씩하게 소리쳤다.

"뭐 하러? 공원에 간다고 뭐가 달라지나? 그냥 집에 있어, 엄마! 눈도 오는데. 엄마는 눈 오는 거 싫어하잖아. 나도 나가기가 싫어." 아이는 말꼬리를 길게 늘이며 어린애처럼 말했다.

그래도 우린 나가야 했다. 바람을 쐬어야만 했다. 그것은 내가 엄마로서 반드시 지키고자 하는 몇 안 되는 수칙들 중의 하나였다. 매일같이 바깥 공기를 쐬는 것. 무슨 일이 있어도 공원에 가는 것. 가서, 절망이 내 속을 한바탕 고약하게 헤집어놓고 물러갈 때까지 머무는 것이다. 다른 사람들이 교회에 가는 것도, 장을 보러 가는 것도, 다 같은 목적에서가 아닐까. 그마저도 없다면 난 송두리째 무너져버리고 말 것이 틀림없었다. 지난 몇 년간, 나는 매일같이 손수레를 끌고 밖에 나가 매연과 개를 피하느라 갈지자걸음으로 헤매면서 돌아다녔다.

우리는 손을 맞잡고 걸었다. 나는 아이에게 마주치는 조각상들의 이름을 가르쳐주었다. 또 뾰족뾰족한 창살로 된 정문이며 사람들을 다 잘 봐두라고 잔소리를 했다. 걷고 있는 사람들, 뭔가를 기다리고 있는 사람들, 자동차 속에 들어앉아 자기가 안 보일 거라고 생각하지만 내 눈은 절대 피해가지 못하는 그런 사람들까지.

어제도 어떤 여자애가 레이스 달린 아주 예쁜 원피스를 사 들고 오다가 빨간 신호등에 걸려 멈춰 서서는, 고개를 갸우뚱거리며 옷을 이리 돌려보고 저리 돌려보고 하는 모습을 목격했었다. 그런 기분 좋은 장면은 매일 볼 수 있는 게 아니었다. 그런 광경은 바닷가에서 주운 조개껍데기나 파도에 반짝반짝하게 닦인 유리 조각, 혹은 숲속에서 발견한 새로운 길과도 같은 즐거움을 주었다.

"엿보기 취미에다 우울증까지 있구나."

몇 달 전인가, 내가 대단한 일이라도 되는 듯 떠벌렸을 때, 마르타에게서 들은 소리였다. 그래서 난 그 이야기를 아무한테도 안 하고 혼자서만 간직하기로 했다.

으제니오는 파카를 입고 나왔다. 이것저것 잔뜩 쑤셔 넣은 주머니가 불룩했다. 나는 아이 목에다 까끌까끌하고 퀴퀴한 냄새까지 나는 목도리를 꽉 조이게 여며주었다. 그러고 걷기 시작했다.

공원은 거대한 갈색 빙판으로 변해 있었다. 나는 호들갑스럽게 떠들어댔다.

"공원이 이렇게 을씨년스러웠던 적은 한 번도 없는데! 우린 북극에서 온 사냥꾼들이야. 봐, 아무도 얼씬거리지 않지! 엄마가 어렸을 때도 이랬어. 날씨가 어떻든 상관 않고 바닷가에 나갔지. 그러면 정신이 강인해지거든."

"개도 없고, 썰매도 없고, 술도 없는 사냥꾼처럼 한심한 게 어디 있어. 사냥은커녕 얼어 죽고 말겠다! 엄마가 어렸을 때 그런 지독한 훈련을 받았다고 나한테까지 복수할 필요는 없잖아. 내가 무슨 죄야, 내가 언제 엄마더러 날 낳아달라고 했어!"

기가 차서 말도 안 나왔다. 으제니오는 걸핏하면 그런 식으로 쏘아붙였다. 약간 형이상학적이면서도 간결해서 효과가 뛰어나다고 생각하는 모양이다. 그러나 내겐 심술부리는 것으로밖에 안 보였다. 아무 내용도 없이 기분만 상하게 만드는 투정. 그다음 순서는 우리 둘 다 삐지는 것이었다. 입을 하도 꽉 다물고 있어 입술이 부르틀 지경이 되도록.

방수가 전혀 안 되는 신발 밑에서, 쌓인 눈이 뽀드득 소리를 냈다. 바람 쐬러 나왔다가 물에 흠뻑 젖어서 들어가게 생겼다. 문득 으제니오에게 가죽 구두를 하나 사주면 마음이 놓일 것 같다는 생각이 들었다. 그러자 마음도 푸근해져서, 양 볼이 발갛게 달아오른 얼굴로 아들을 향해 웃어 보였다. 아이는 불룩한 주머니에서 내버려도 안 아까울 것 같은 카메라 하나를 끄집어냈다.

"엄마, 눈이 내려오는 장면을 사진에 담을 수 있을까?"

모든 것이 다 굳어 있고, 온통 고요하기만 했다. 추위
는 침묵이다. 차갑고 헐벗은 갈색의 땅, 그것도 역시 침묵이
다. 얼어붙은 물이야 말할 것도 없고. 거기서 그나마 인간적
으로 보이는 건 녹색 쇠창살 문 정도였다. 숨 막힐 듯한 정적
을 깨고 참새 한 마리가 날아와, 빙판이 된 물구덩이 위로 미
끄러졌다. 으제니오가 쫓아가서 카메라 셔터를 마구 눌러댔
다. 아주 짧은 순간이지만, 팽팽한 긴장감이 감돌았다.

"에이. 엄마, 집에 가자. 지금 빨리 가자고!"

이런 소릴 하는 걸 보면 확실히 으제니오도 컸다. 전엔
이 아이도 공원에서 떠나지 않으려 들었는데. 난 공원을 영
좋아하지 않았으면서도 이젠 오히려 그 시절을 그리워했다.
금이 간 삽, 곰팡내 나는 장난감 통, 눅눅한 모래에서 아이를
떼어놓느라 머리칼을 잡아끌곤 했던 날들을.

돌아오는 길엔 전철을 탔다.

전동차의 꼬리 부분에 타고서 이마를 차창에 갖다 붙이

고 있으니, 휙휙 지나가는 터널의 불빛이 꼭 이륙 채비를 마친 우주비행사들 같았다.

"전철은 우리의 땅, 우리의 시詩야." 난 마르타와 함께 저녁을 먹을 때, 이런 말을 즐겨 했다. "난 으제니오한테 재미있는 기사들을 오려다 주지. 샌드위치 부스러기를 노리며 따스한 곳에 숨어 겨울을 나고 있는 귀뚜라미 이야기, 도시에 사는 쥐들이 얼마나 영리한지를 알려주는 새로운 현상들, 겨울이면 집 없는 사람들에게 개방되는 생마르탱역 소식 같은 것들 말이야. 으제니오는 그 기사들을 다 모아놔. 걔가 전철 티켓들을 접어서 아코디언처럼 이어놓은 게 아마 수백 미터는 될걸. 그 앤 언젠가는 비르아켐역이나 아우스터리츠역으로 들어서는 전동차에 붉은 깃발을 꽂는 게 꿈이래. 무슨 심리인지는 모르지만, 아마 서부영화에 나오는 낡은 기관차들을 보고 그러는 것 같아."

빈정대기 좋아하는 마르타이지만, 이런 이야길 들으면 솔깃해한다는 걸 난 알고 있었다. 우리 모자는 시간 죽이는 데는 천재였고, 마르타는 우리의 그런 짓거리를 '잡동사니의 시학'이라고 불렀다.

오늘 저녁엔 마르타에게 아까 본 참새 이야기를 해줄 생각이다. 잊어버리지만 않는다면. 어떤 이야기들이 기억날는지는 미리 알 수 없다. 꿈꾼 내용을 까맣게 잊어버리는 것처럼. 정말 큰 문제다. 게다가 잊어버리지 않으려고 메모를 해둬도, 막상 이야기를 시작하면 싱거워져버렸다. 전날 미리 사다놔서 물이 나빠진 해산물처럼.

전철역을 빠져나오려는데, 한 남자가 우릴 막아서며 〈레베르베르〉를 내밀었다. 난 어찌나 추운지 '어쩌죠, 벌써 샀는데' 따위의 속 보이는 말조차 하기가 싫었다. 주머니 속을 뒤져 10프랑짜리 동전을 내밀었더니, 남자가 들고 있던 신문 한 부를 내게 내밀었다.

"아니에요, 됐어요."

그렇다. 나는 그렇게 말했다. 남자가 뭐라고 했다. 기분이 상한 게 분명했다.

남자와 좀 멀어지자, 으제니오가 불같이 화를 냈다.

"엄마는 그 사람이 자존심을 지키기 위해서 신문을 팔고 있다는 걸 몰라? 엄만 그 사람한테 무안을 줬어. 일부러 그런 거지? 창피 주려고! 엄마는 그 사람을 거지로 만들어버린 거야. 난 정말 엄마가 그런 짓을 할 수 있으리라고는 한 번도 생각해본 적이 없는데. 어떻게 그럴 수 있어!"

미안한 생각이 들었다.

"내가 잘못했다. 난 그냥 신문을 받기가 싫었던 것뿐이야. 정말로 귀찮더라고. 그 사람 입장에서도, 쓸데없이 복잡하게 생각하지 않는 게 자신의 체면을 살리는 길이야. 아니면 내가 갖고 싶은 걸 사라고 하든지. 그것도 아니면 그냥 솔직하게 구걸을 하든지."

내 말이 정말 맞는지는 나도 자신이 없었다. 그냥 아이한테 지기가 싫었다.

매그놀리아팰리스 앞을 지나면서 우리는 나란히 고개를 들었다. 발코니마다 불이 켜져 있고, 검푸른 밤하늘을 배경으로 파랑, 하양, 빨강의 커다란 국기가 휘날리고 있었다. 눈은 이미 그쳤고, 눈에 보이는 모든 것이 선명하고 아름다웠다.

"아름답지 않니, 응?"

혼잣말하듯 내가 입을 열었다.

"난 국기 같은 거 안 좋아해. 빨간색만 빼고. 아빠처럼 말이야. 그런데 엄만 대체 뭘 좋아하는지 모르겠어. 유명한 화가가 된 다음부터는……."

부인하고 싶은 마음은 들지 않았다. 우스웠다, '유명한 화가'라는 말은. 꼭 이 녀석 입안에 고인 가래침 같군. 난 옴 짝달싹할 수 없었다. 으제니오의 마음속에 나를 흉보는 은 밀한 목소리가 숨어 있다는 것, 내가 상처받을까봐 말은 안 하지만 실은 날 미워하는 마음이 한구석에 자리 잡고 있다 는 것을 도저히 견딜 수 없어서였다.

집에 도착했다. 계단을 오르는 동안, 난 언제나처럼, 우 리 집 현관 매트 위에 뭔가가 놓여 있기를 기대했다. 차마 쳐 다볼 용기는 없었지만. 장미와 유칼립투스 한 다발, 페르방 슈 한 다발, 과일 바구니, 미켈란젤로 안토니오니(이탈리아 영화감독)로부터 날아온 전보. 아니면, 미쳐버린 옛 애인이 보내온 작은 성냥갑 하나라도 놓여 있기를 원했다. 하얀 칠 을 하고 뚜껑엔 검은 십자가를 그려 넣어, 아주 작은 관처럼 보이는 그런 성냥갑 말이다. 사실 이건 별로 마음에 두고 있지도 않았다. 이미 한 번 받아본 적이 있으니까.

문 앞엔 아무것도 없었다. 이번에도 역시 은행에서 보내온 통지서 하나, 광고지 하나 없었다. 나는 쓸쓸하게 말했다.

"가서 새들 먹이 좀 줄래? 길들이기도 할 겸 좀 놀아주기도 하고. 난 우리 불쌍한 아들 목욕물이나 받아놔야지."

우리는 천천히 의례적인 저녁 일과를 시작했다.

바람 때문에 눈물이 다 나올 지경이었다. 난 터키블루 빛의 밤하늘 밑에서 달리고 있었다. 아무래도 약속 시각엔 못 맞출 것 같았다. 뛰면서도 난 마르타에게 해줄 참새 이야 기를 구상하고 있었다. 참새를 갈매기나 비둘기로 바꿔보면 어떨까. 이미지를 좇는 시인 으제니오를 그 이야기의 주인공 으로 만들어볼까. 무릇 이야기란 약간 변화를 줬을 때 더욱 아름다워 보이고 진짜처럼 들리는 법이잖아. 그런 생각을 하 다보니 영화의 한 장면이 떠올랐다. 한 여자아이가 얼어붙 은 연못 위로 달려가는 걸 한 남자가 바라보고 있는 장면이

엄마의 크리스마스

었다. 얼음은 깨질 테고 아이는 물에 빠지리란 사실을 남자는 알고 있었다. 그러나 창가에 서 있는 그로선 바라보는 것 외에 달리 어찌해볼 도리가 없었다.

갑자기 눈앞에 참새 한 마리가 떠올랐다. 너무 얇은 얼음 위로 내려앉으려는 참새 한 마리. 목구멍에선 아무 소리도 나오지 않았고, 두 손은 부르르 떨렸다. 참새가 으제니오의 얼굴을 하고 있던 것이다! 겁에 질려 가슴이 쿵쿵대는 바람에, 길가의 쇠말뚝에 부딪치고 말았다. 주차를 못 하도록 보도블록 가장자리에 박아놓은 것 같았다. 무슨 괴상한 물건이람. 배를 묶는다고 박아놓은 말뚝에 배는 묶지 않고, 그저 정신 놓고 지나가는 사람들이나 부딪쳐서 다치고 기겁하게 만드는 형국이었다. 멍이 든 나는 울음을 터뜨리고 말았다. 난파를 당해보는 것만이 바다의 거대함을 알 수 있는 방법이라면, 어떤 희망인들 못 가져보랴 싶은 생각이 들었다.

마르타와 만나기로 한 자그마한 카페는 돌로 지은 데다 스테인드글라스로 장식까지 해놓아 분위기가 아늑한 곳이었다. 카페 바로 맞은편엔 로마네스크 양식의 성당이 있고, 정원도 딸려 있었다. 난 그 성당을 좋아했다. 거기선 몇 년 전인가 진짜로 살아 있는 소와 당나귀를 데려다가 구유를 차려놨었기 때문이다. 소와 당나귀 사이에는 엄마와 아들이 있었다. 진짜 엄마와 가짜 아기. 거기에 열 번도 더 가봤었다. 어떻게 동물들이 꼼짝 않고 가만있을 수 있는지 보면 볼수록 신기했다. 나는 나날이 화려해져가는 백화점의 쇼윈도만큼이나 크리스마스의 구유도 좋아했다. 그러면서도 으제니오를 데려가서 보여준 적은 한 번도 없었다.

내가 좋아한 건 그 소와 당나귀의 이야기를 감싸고 있는 신비와 전율이었다. '구유'라는 말과 건초 냄새, 뒤에서 울려 퍼지는 파이프오르간 소리, 그 이상의 것은 알고 싶지도 않았다.

요즘엔 어떤 식으로든 살아 있는 구유를 재현해놓은 곳은 찾아보기가 힘들다. 생줄리앙르포브르 성당에 가면 17세기식 가구 제작 기법을 배우는 학생들이 공동으로 만들어놓은 작품이 있긴 하다. 지점토로 만든 것 같은 아기 예수의 얼굴엔 아예 눈, 코, 입조차도 없다. 그래도 나는 가끔 거기 가서 초를 하나 켜 구유를 밝히고 소원을 빌었다. 그러면 성모 마리아로 분장을 했던 여자아이의 모습이 떠오르곤 했다.

엄마의 크리스마스

길게 늘어진 푸르스름한 베일을 쓴 채 고개를 옆으로 돌리고 있던 그 아이는 다리에 쥐가 나 있었다. 그 아이를 생각하다보면 또 예전에 다니던 미술학교로 생각이 옮겨갔다.

모델을 섰던 폴란드 여자. 그녀는 내내 서 있어야 했다. 늙은 여성화가들 앞에, 관광버스를 놓치고 서성대는 일본인 관광객들 앞에, 또 너무 힘을 주어서 종종 목탄을 부러뜨리는 서툰 여자아이들의 눈길 앞에 그녀는 서 있었다. 전기난로의 열을 받아 뺨이 벌겋게 달아오른 채로, 변치 않는 부동자세를 취하고 있었다. 꼭 이십 분 동안만. 찡그린 얼굴로. 그 모습은 슬프고도 불쌍했다. 또 아름답기도 했다. 난 거기에도 으제니오를 데려간 적이 없었다. 데려가면 재미있어할지도 모르는데.

거기 가면 그림 그리고 싶은 욕망이 되살아날지도 몰랐다.

마르타는 약속 시각을 넘기고 있었다. 나는 자리를 잡고 앉아 기다릴 것인가 말 것인가 망설이다 결국 발걸음을 돌려 성당 안을 잠시 둘러보기로 했다. 향냄새가 목구멍을 채웠다. 몇몇 사람들이 제단을 둘러싸고 노래를 부르고 있었다. 파카를 입은 어떤 남자가 왼쪽 통로에서 비잔티움 풍으로 그려진 성모마리아의 귀에 딱 붙어 서서 뭐라고 속삭이고 있었다. 입맞춤을 스무 번도 넘게 하는 것 같았다. 성모마리아의 손가락에, 그리고 금박으로 그려진 뺨에까지. 후미진 구석에서는 거지 하나가 줄무늬가 있는 비닐 쇼핑백을 늘어놓고는, 지나가는 사람들을 향해 웅얼웅얼 욕지거리를 내뱉고 있었다.

나는 5프랑짜리 꼬마 양초에 불을 붙였다. 뜨거운 밀랍이 손가락 위로 녹아내렸다. 무슨 소원을 빌지? 내 소원이 뭔지도 모르는군. 처량한 소원이 하나 있다면, 크리스마스를 좀 그럴듯하게 보냈으면 하는 것 정도. 아니, 너무 거창한 소원들도 있다. 행복하고 기쁜 일들이 많았으면, 그리고 이런저런 나쁜 일은 절대로 없게 해달라는 것. 이런, 소원을 빌기엔 너무 늦어버렸다! 양초를 꽂은 순간, 모든 건 이미 결정돼버린 것이다.

누가 어깨를 툭 치는 바람에 기겁을 했다.

"여기 있을 줄 알았어. 그래, 소원은 빌었니?"

엄마의 크리스마스

마르타였다.

"때를 놓쳤어. 빌 소원도 없고⋯⋯."

때맞춰 제대로 된 소원 하나 빌지 못한 나 자신이 너무 한심스러워 얼버무리고 말았다. 성당을 빠져나오는 순간, 우리와 동시에 자리를 뜨던 두 사람이 흘깃 우리 쪽을 쳐다보았다. 난 그들에게서 동지의식 같은 걸 느꼈다. 누가 볼까 하는 두려움과 자만심이 뒤섞인 묘한 감정. 예전에도 그런 감정을 느껴본 적이 있었다. 트라스테베레의 산타마리아 성당에서, 성 바울 이전의 관례를 추종하는 이단자들의 모임에 참석했다가 빠져나올 때였다. 그들이 부르던 성가는 생줄리앙르포브르 성당의 향냄새와 마찬가지로 잊히지 않았다. 그건 늘 숨기만 하고 결국은 떠나가버리는 사랑을 떠올리게 했다.

마르타는 내 어깨를 꽉 감싸 안으면서 레스토랑 쪽으로 끌고 갔다. 나는 그녀의 팔을 떼어냈다. 몸이 으스러질 것 같아서였다. 마르타는 연극을 하듯 과장되게 물었다.

"자, 이젠 뭘 빌었어야 했는지 생각이 났느냐?"

"그 이야긴 하지 말자!"

난 친구를 웃겨볼 요량으로 한마디 덧붙였다.

"내 소원을 네가 알아 뭐 할래, 이것아!"

우리는 테이블을 하나 차지하고 앉았다. 테이블 위를 둥그렇게 밝히고 있는 포근한 램프 불빛이 마음을 편안하게 해주었다. 소원 이야긴 제발 그만하자고 사정을 해도 마르타는 들은 척도 않았다.

"남자잖아! 넌 남자를 만나게 해달라고 빌었어야 해. 연애 말이야. 아무것도 모르는 것처럼 그런 얼굴 좀 하지마. 꼭 놀란 토끼같이 왜 그러니! 너 스스로 사랑을 차례차례 쫓아버리고, 이제 가슴속에 남아 있는 건 네 아들뿐이라는 걸 모르겠니?"

난 어떻게든 체면을 차려보려고 안간힘을 썼다. 여점원이 와서 메뉴판을 내밀었다. 나는 눈을 비볐다. 집에 가고 싶었다.

"만나자마자 좀 심하다고 생각하지 않아?"

마르타는 대꾸는 않고 따뜻하게 웃어 보였다. 날 만난 것도 기분 좋고, 앞머리 한 자락을 노랗게 물들인 것도 마음

엄마의 크리스마스

에 드는 듯했다.

"웬 청춘!" 장난삼아 내가 말했다.

"너 정신 좀 번쩍 나게 해주려고! 너한테 해줄 이야기가 엄청 많거든."

또랑또랑한 마르타의 목소리가 멀리서 아득히 들려오는 듯했다. 오늘은 웬만하면 새로운 소식은 듣고 싶지 않았다. 나는 고개를 약간 숙이면서 그녀를 곁눈으로 살폈다. 음식이 나오기를 기다리며 내가 옆 테이블 사람들의 이야기를 엿듣는 동안, 마르타는 만난 지 삼 주 됐다는 어떤 남자 이야기를 열심히 늘어놓고 있었다.

"놀랍지! 벌써 삼 주째라니까."

통로 건너편, 내 정면에는 한 남자가 등을 돌리고 앉아 있었다. 목덜미와 귀가 벌겠다. 그는 커다란 소리로 불평을 늘어놓고 있었다. 난 속으로 그에게 '붉은 귀의 파시스트'라는 이름을 붙였다. 지금 마르타가 아무 거리낌 없이 내밀한 이야기까지 털어놓고 있는 그 문제의 왕자님이 혹시 저 남자는 아닐까 하는 황당한 상상을 하며 재미있어하기도 했다. 하지만 남자는 지금 어떤 임신한 여자 이야기를 웅변하듯

토해내고 있었다. 여자의 임신했다는 말은 자기 아파트에서 쫓겨나지 않으려는 뻔한 수작이라고 열변을 토했다. 그가 화난 목소리로 투덜댔다.

"벌써 많이 해본 솜씨더라고. 그런 족속들이 어디 한둘이어야 말이지. 바퀴벌레 같은 년들."

괜히 웃음이 났다. 이 원색적인 언어의 폭력!

"네가 무슨 생각하는지 다 알아." 마르타는 이야길 계속했다.

마르타의 좋은 점은—좋은 점이 아주 많지만, 그중에도 특별히 기분 좋은 점 말이다—별것 아닌 일에 나처럼 상처받지 않는다는 것이었다. 그녀를 처음 알게 되었을 땐 만나서 이야기를 나누고 난 뒤에 내 쪽에서 전화하는 일이 종종 있었다. 신경을 건드려서, 마음 아프게 해서, 기분 나쁘게 해서 미안하다고 사과를 하려고. 그럴 때마다 마르타는 어리둥절해했다. 무슨 엉뚱한 상상을 한 거냐며 웃음을 터뜨릴 때도 있었다. 그리고 유쾌하게 덧붙였다.

"너, 그렇게도 할 일이 없니! 없는 걱정거릴 지어내서 마음고생하게. 배웠다는 인간들은 이래서 골치 아프다니까!

그중에도 너 같은 예술가들이 최악이지. 상처니 고뇌니 하는 데는 둘째가라면 서러워하니, 원. 화폭에다 기쁨 같은 걸 표현하면 어디가 덧나니?"

나는 알았다. 마르타가 그런 말을 하는 건 안타까워서라는 것을. 내가 화가의 길을 포기한 것, 그림이라는 추잡한 광대 짓거리를 포기한 것이 말이다. 요즘 세상에선 더 이상 그림을 그릴 수 없었다. 내가 직업 화가이기를 포기했을 때, 전시회 오프닝을 취소하고 계약서를 찢어버리고 화랑 사람들과 인연을 끊었을 때, 난 몇 달 동안이나 마르타에게 그 사실을 털어놓지 못하고 전전긍긍했다. 그녀마저 날 버릴까봐 겁이 나서였다. 알퐁소처럼 그리고 다른 모든 사람들처럼. 그러나 마르타의 우정은 고집스러우리만큼 변함이 없었다. 그녀는 늘 나한테 신경을 써주었다. 자기 스스로 '터무니없는 자학적 변덕'이라고 이름 붙인 내 병이 언젠가는 끝나기를 기다리고 있었다. 그때가 오면 마르타는 승리의 깃발을 쳐들리라.

마르타는 매일같이 자기를 찾아오는 환자들의 입안에 딱딱하고 네모난 엑스레이 필름을 집어넣고는, 움직이지 말고 가만히 있으라고 했다. 필름 모서리가 입천장을 찌르면 얼마나 아플까 하는 생각은 조금도 하지 못했다. 구역질을 참는 건 또 얼마나 힘든지 알려고 들지도 않았다. 첨단기술이 점차 일반화되어가면서, 그 거추장스러운 과정도 언젠가는 필요 없어지리란 것에도 별로 신경쓰지 않았다. 그저 맥없이 벌어지려는 턱을 다시 눌러 꽉 다물게 할 뿐이었다. 그러다보니 만사에 감각이 무뎌지는 것도 당연했다. 그 직업이 얼마나 가학적인 것인지 깨닫게 해주려 했을 때, 마르타는 "어이쿠, 시인 하나 나셨군" 하며 빈정댔다.

"그래, 네가 무슨 생각 하는지 알아. 오래가지 못할 거라는 거지? 내가 또 꿈을 꾼다고, 제이슨이 날 속이고 있다는 거잖아."

그래, 이름만 들어도 벌써 뻔하다. 나는 속으로 실없이 빈정거렸다.

마르타의 입에서 새로운 이름들이 튀어나올 때마다 아주 묘한 느낌이 들곤 했다. 내밀한 이야기를 털어놓을 때만큼이나 외설적으로 들리는 것이었다. 그건 억양의 문제였다. 마르타가 '제이슨'이라는 이름을 입에 올렸을 때, 그건 꼭

'네가 전부터 찾고 있던 보물이 어디에 숨겨져 있는지 내가 가르쳐줄게'라고 말하는 것처럼 들렸다. 그러면서도 난 마르타와 마주 앉아 있다. 그건 그녀를 믿는다는 뜻 아닐까.

차라리 마르타가 이런 거나 물어봐주면 좋을 텐데. 너 요새 무슨 전시회 본 거 있니? 중년 부인들끼리 모여 식사라도 할라치면 경쟁적으로 이어지는 질문들 말이다. 마치 자기 패에 들어온 카드들을 펼쳐 보이듯……. 그랑팔레에 갔는데, 좋더라, 정말 좋아! 이런 식의 박물관 나들이는 두 여자 중 활동 범위도 좁고, 행동도 굼뜨고, 이젠 〈텔레라마〉(프랑스 대표 문화주간지) 같은 건 열심히 들여다보지도 않는 여자에게 질투심을 일으키거나 아니면 단순히 기라도 죽이기 위한 수단이다. 그건 아무 활동도 하지 않으면서 자신의 활력을 확인할 수 있는 방법이다. 그다음 단계는, 전날 저녁 텔레비전에서 본 영화 이야기를 주고받는 것이다. 격은 약간 떨어질지 모르지만, 그것도 문화는 문화다. 앉아서 즐기는 문화.

우리 옆 테이블에 앉은 여자들도 이 단계에 진입해 있었다. 제일 뚱뚱한 여자는 안절부절못하고 있었다. 그 여자는 본 게 아무것도 없었다. 모피 구경 가듯 그랑팔레에 가서 샤르댕의 작품을 봤어야 했는데 못 봤고, 오랑주리에서 괴상하게 입을 비죽거리는 천사들도 못 봤고, 앞으로는 다시 보기 어렵기 때문에 두고두고 추억거리가 될 루브르의 새로운 기획전시도 구경을 못 한 모양이다. 난 그런 짓거리들이 싫었다. 이리저리 전시회들을 쫓아다니면서 카탈로그에 쓰인 글들을 주워섬기며 아는 척하고 점잔을 빼는 꼴들이라니. 하긴 그렇게 관광하는 식으로 눈요기나 하며 다니는 게 불안을 가라앉히는 데 효과가 크다는 건 나도 잘 알고 있다. 다 그런 거지 뭐.

옆자리 여자들의 시끌벅적한 수다를 들으며 내가 머릿속으로 떠올린 공상들을 이야기하면, 마르타는 또 '질투심 많은 속물'이라고 흉볼 게 뻔했다. 그녀의 귀에 여자들의 이야기가 들릴 리 없었다. 옆 사람의 이야기 따위엔 전혀 관심이 없는 사람이니까.

"넌 너 자신의 삶을 살아가는 게 두렵기 때문에 그런 데 관심을 두는 거야. 그 망할 놈의 책들 좀 그만 보면 안 되니!"

마르타는 이 말을 골백번도 더 했다.

엄마의 크리스마스

마르타가 난데없이 자기 얼굴을 내 얼굴에 가까이 댔다. 나는 흠칫 놀랐다. 내게 입을 맞추기라도 한 것처럼. 나는 고개를 돌렸다. 동시에 엉뚱한 생각이 들어 웃음이 나왔다. 마르타가 내게 이렇게 말하는 걸 상상한 것이다. 너, 입 냄새 정말 지독하다! 하지만 오는 길에 수도 없이 확인을 했다. 나는 입 냄새에 강박관념을 갖고 있었다. 그래서 손을 동그랗게 오므리고 숨을 훅 내쉰 다음, 손에서 빠져나가는 달콤하고 미적지근한 입김 냄새를 맡아보는 버릇이 있었다. 마르타가 물었다.

"얘, 내가 행복해질 거 같니? 왠지 이번엔 느낌이 심상치 않은 거 있지. 너무나 강렬하고 격렬한 거야. 난 누구하고도 그렇게 화끈한 사랑을 해본 적이 없거든. 어젯밤처럼 그 사람이 내 앞에 무릎을 꿇을 때면, 난 그냥 그 자리에서 죽어버려도 좋을 거 같아. 전에 에티엔하고 한 건 사랑이 아니었어. 그냥 함께하는 마스터베이션 같은 거였을 뿐이야. 그냥 나란히 누워 몸을 비비면서 각자 자신의 쾌감을 즐기는 거지. 무슨 말인지 알겠니?"

마르타는 이제 나를 쳐다보지도 않고 함빡 웃었다.

"우리가 결혼한 지도 벌써 구 년이나 됐으니……. 그이가 제이슨을 얼마나 존경하는지 아니?"

내 입술은 고통으로 일그러졌다.

"그리고 제이슨은……."

제발 그 이름만이라도 생략해줬으면 좋겠다. 겁이 났다. 풍기문란죄로 경찰이 우리를 체포할 것만 같아 불안했다. 개인의 정보를 유출했다고, 공공의 장소에서 너무 많은 걸 떠벌렸다고.

"그 사람이 날 안아서 돌려주고 또 돌려주면……."

"제발 그만해, 마르타. 난 정말 널 좋아해. 넌 행복해질 거야. 그 사람이 너를 사랑하는 것도 틀림없는 것 같아. 하지만 지금 네 이야긴 위험해. 너랑 제이슨 사이의 일은 이 세상이 처음 생겨난 이래로 끊임없이 있어왔던 일이야. 그리고 사랑의 몸짓들은 은밀한 것으로 남아 있어야 하지 않니? 난 정말 그렇게 생각해. 그리고 또……."

마르타는 날 똑바로 쳐다보며 말했다.

"너, 몸을 떼지 않은 채로 계속 뒹굴면서 함께 즐기는 방법을 정말로 알아? 내가 이런 이야기까지 하는 건, 네가 내 친

엄마의 크리스마스

구이기 때문이야. 비밀을 함께 나누고 싶은 거지. 네가 아무 것도 모르고 있는 한, 내 행복감도 완전할 수 없단 말이야."

나는 마르타의 손가락 사이에 끼인 채로 꿈틀거리는 한 마리 벌레일 뿐이었다. 겁에 질린 내 모습은 정말로 우스꽝스러웠다. 마르타가 단호하게 말했다.

"누크, 제발 신경쇠약 환자처럼 굴지 좀 마. 그건 너무 안이한 태도야. 그냥 비겁하고 게으른 거랑 다를 게 없다고."

나는 울지 않았다. 아무리 생각해도, 억지로라도 행복 해져야만 한다는 그 안간힘이 우스꽝스럽게 느껴졌다. 문제 는 용어의 선택에 있었다. 이건 정말 심각한 문제였다. 우리 에겐 이제 우리 것이라고 할 수 있는 말이 거의 없었다. 말들 은 전부 다 보이지 않는 프롬프터에 쓰여 있었다. 입에 담기 에는 너무 심하지만, 그래도 말하지 않을 수 없는 생경하고 텅 빈 말들. 그 말들은 스쳐가면서 살갗에 상처를 냈다. 그림 도 마찬가지였다. 난 이제 절대로 붓에 손을 대지 않으리라 는 것을 마르타에게 이해시켜야 했다. 내가 다시 그림을 시 작할 것이라는 그녀의 믿음을 깨버려야 했다. 이젠 그녀가 어떤 교묘한 방식으로 그 이야기를 꺼내도 소용없으리라는 것을 확연히 깨닫게 해주어야 했다.

"마르타, 난 내 마지막 작품들까지 헐값에 팔아치웠어. 알겠니? 삼 년 전에 그 그림들이 얼마나 나갔는지 너도 알잖아. 완전 코미디지! 난 이제 그런 웃기는 짓거리들에 전혀 마음이 없어. 내가 그린 그림들이 창피해. 오물 같아. 내 고통의 산물을 경매에 부치고, 몸 팔듯 팔아치우고, 그런 것들이 너무……. 게다가 여성화가를 누가 취급이나 해주니? 그런 쪽으로 보자면 난 기대할 게 아무것도 없는 것 같아. 환상이 다 사라져버렸어. 이젠 절대로 그림을 그리지 않을 거야."

"에티엔이 널 좀 봤으면 하는 것 같더라. 이 이야기도 너한테 하려던 참이었어. 너희 두 사람은 항상 가깝게 지냈잖아. 이상주의자들…… 그거 좋지."

마르타는 이제 볼이 빨개진 채로 떠들고 있었다. 이런 식의 말에는 언제나 경멸의 냄새가 배어 있었다. '이상주의자'라는 말 뒤엔 '멍청이'라는 뜻이 숨어 있었고, '그거 좋지'에는 '비겁하다'는 뜻이 들어 있었다. 마르타가 차디찬 내 두 손을 따뜻하게 잡았다.

"너, 에티엔한테 전화할 거지?"

"하고말고. 내일 전화할게."

마르타는 내가 방금 그림에 관해 이야기한 건 아예 듣지도 못한 사람처럼 말했다. 아니면 할 말이 없는 건지도 몰랐다. 그러니까 너 자신한테나 신경을 좀 써! 너 자신을 믿으라고! 다른 때 같았으면 마르타는 흥분해서 이런 소리들을 퍼부었을 것이다. 최고의 칭찬, 값어치가 있는 유일한 칭찬이란 바로 자기 자신에게 해주는 칭찬이라고 우리 할머니가 그러셨다.

"살아 있는 동안 하고 싶은 일을 마음껏 해야 해. 너 죽은 뒤에도 세상은 아쉬울 것 없이 잘만 돌아갈 테니까."

내 장례식에는 과연 누가 올까. 일순 마음이 누그러지고 향수에 젖어들면서 으제니오가 생각났다. 우리가 함께 타고 있는 조용한 배, 그 단조로운 풍경. 마르타의 이야길 듣고 있으면 멀미가 나는 것 같았다. 어디에도 기댈 데라곤 없는 듯한 허전함, 사방에 둘러쳐진 벽들을 두 팔로 죽어라 두드리는 듯한 막막함, 장터 오락장의 경사진 바닥 위에서 뒤뚱뒤뚱하는 느낌. 뜨내기 구경꾼들의 비웃음소리가 들리는 듯했다. 닭이나 양도 너보다는 더 용감하겠다! 난 쓴맛이 나는 검은 올리브를 하나 집어먹었다. 쓰디쓴 기분을 잊지 않기 위해서.

우리 쪽에서 두 테이블 건너 앉아 있는 남녀 한 쌍이 갑자기 나의 주의를 끌었다. 뭔가 가슴을 에는 진실을 내게 일러줄 것만 같았다. 까맣게 모르는 채로 찾아 헤매던 진실을. ("엄마의 모토는 '왜?'잖아." 으제니오는 내 비위를 맞추고 싶을 때 이런 소릴 한다.) 남자는 목소리가 지나치게 굵고 컸다.

"우리의 기억이란 건 선택적이라고. 게다가 우리 프랑스 사람들은 지리에 대해서 아는 게 하나도 없거든."

남자의 열변에 아내로 보이는 여자는 작은 손거울을 꺼내 얼굴을 이리저리 살피며 아무렇게나 대답했다.

"맞아. 나만 해도 파타고니아라는 데가 어디 붙어 있는지도 모르는걸."

그건 분명 당신은 어쩌면 그렇게 잘났는지 몰라! 하는 소리나 마찬가지였다. 그런 말은 열이면 열, 남자들의 기를 살려준다. 아닌 게 아니라 파타고니아는 이 남자의 단골 주제 중 하나인 모양이었다. 안데스산맥의 희박한 공기, 아르헨티나 끄트머리에 있는 작은 곶, 팜파스 대초원, 선인장, 라틴

아메리카의 신선한 바람. 남자는 폴 모랑까지 인용해가며 자신의 유년기로 접어들고 있었다. 수두를 앓던 일이며, 지겹던 나날들이며. 나까지도 지도가 눈에 훤히 보일 지경이었다.

마르타가 화제를 바꾸었다. 자기는 에티엔이 더 많은 사람들과 교류하길 바라지만, 그게 쉽지 않다고 했다.

"있잖아, 그 사람 최근에 제일 친하게 지냈던 친구랑 싸웠어. 그 사람이 혼자 있으면 나도 편하지가 않아."

"어떡하면 좀 편해질 수 있을까 하는 게 우리를 살게 만드는 힘의 원천인가봐. 다행히 편할 날은 하루도 없다만……" 내가 부드럽게 대꾸했다.

"오죽하면 내가 그 사람한테 어디 등록이라도 하고 다녀보라고 했겠니. 있잖아, 그 사람은 저녁만 되면 텔레비전 앞에 앉아서 꼼짝도 안 해. 무슨 말인지 알지?"

'텔레비전'이라는 단어에는 '보지도 않으면서'라는 말이 포함되어 있었다. 에티엔은 자기가 먹을 상을 직접 차렸다. 호리병도 손 닿는 곳에 두었다. '호리병'은 위스키를 뜻했다. 내가 이 말을 알아듣는 데는 몇 년이 걸렸다. 별것도 아닌 걸 물고 늘어지는 것 같아서 물어보지도 못하고, 그냥 막연히 뭔가 물렁물렁한가보다, 배가 너무 나왔나보다 했던 것이다.

"그 사람은 죽은 거나 다름없이 산다니까. 있잖아, 매일 이야길 해도 귓전으로만 듣고 말아."

마르타가 '있잖아'를 이렇게 자주 반복하는 건, 내가 눈에 띄게 산만해졌다는 표시였다. 마르타의 비위를 거스르지나 않을까 조심스러워졌다. 움츠러드는 나 자신을 추스르며 그녀의 말에 귀를 기울였다. 미안해, 내 속도 편하지 않아서 그래. 나도 에티엔과 비슷한 데가 있는 만큼, 하나뿐인 친구 마르타에게 버림받을지도 모른다는 생각에 불안해졌던 것이다. 이미 그녀에게 저지른 잘못들도 너무 많았다. 사실 내 기분대로만 하자면 마르타에게 따지고 싶었다. 입장을 바꿔봐라, 에티엔도 아내에게 매일같이 죽은 사람 취급받는 게 뭐가 좋겠냐고. 그러나 에티엔은 내게 별로 중요한 사람이 아니었다. 단지 관심이 좀 갈 뿐. 그것도 어쩌면 마르타가 하도 이야기를 많이 해서 그런 건지 몰랐다. 특히 병에 관한 이야기를.

에티엔에겐 진짜 특이하고 흥미진진한 병들이 많았다.

엄마의 크리스마스

"그 사람 발은 요즘 어떠니?"

내가 물었다. 그는 벌써 여러 달째 발이 가렵고, 심하면 발바닥이 짓무르는 데다가, 일어서기만 하면 발바닥 전체가 벌집 쑤셔놓은 것처럼 따끔따끔해지는 증세 때문에 걷지도 못한다고 했다. 그러나 눕기만 하면 또 괜찮아진다는 것이었다. 나는 그런 일에 호기심이 많았기 때문에 이미 희한한 방법들을 수도 없이 알려주었다. 불면증 환자들이 궁리해낸 것 같은 자기최면술도 슬쩍 권해보았다. 예를 들어, 절대로 잠들면 안 된다고 스스로에게 되풀이하시오, 잠옷을 입지 마시오, 침대에 들지 마시오, 오렌지나무 잎 차 같은 건 끓이지 마시오, 텔레비전 앞에 앉아 있으시오, 그러면 갑자기 너무 졸려서 옷을 다 입은 채로 불도 켜놓고 그냥 잠들어버릴 것입니다. 이런 경험이 많아 어느 정도 자신이 있었던 나는 에티엔에게 슬리퍼 차림으로, 아니면 아예 발바닥에 오톨도톨한 고무가 붙은 미끄럼 방지용 양말만 신고 밖에 나가보라고 권했다. 아니면 심리요법을 써보든가. 자신을 가렵게 만드는 게 뭔지 찾아내기 위해서 말이다. 뭘 신었을 때 걷기 싫어지던가? 뭐와 뭐가 만났을 때 그런 증세가 나타나던가?

아무리 고집 센 당나귀라도 발굽이 아프다고 떼쓰지는 않는
다는 이야기도 들려주었다.

솔직히 난 에티엔의 이상한 행동들이 모두 마르타를 즐
겁게 해주기 위한 것이라고 생각했다. 그러나 두 사람에게
그렇게 말할 순 없었다. 그래서 대신 연고들을 부지런히 대
주었다.

우리 집 근처, 예전의 책방 자리에 새로 약국이 생겼다.
책방 주인이 마음에 들었다는 이유만으로 난 여전히 거길
자주 들렀다. 그 약국은 꼭 흰색과 녹색으로 된 수족관 같았
다. 피부 용품은 1층에, 수염에 관련한 건 계산대 옆에, 머리
카락과 신경 안정에 관련한 건 지하에 있었다. 오밀조밀한
유리병들, 갖가지 식물들에서 추출해낸 에센스가 담긴 작은
병들이 진열대에 빼곡히 늘어서 있었다. 팔꿈치나 뺨의 주름
을 방지하는 식물성 크림들도 수없이 많았다. 카리테, 샐비
어, 피부를 부드럽게 해주는 라벤더, 깨끗하게 해주는 해초
류들도 있었다. 한번은 내가 하도 열심히 사니까 무지무지
하게 큰 우산을 선물로 주기까지 했다. 흰색과 녹색으로 된
그 우산은 꼭 옛날의 해양 신호 표지 같았고, 그걸 들면 나는

엄마의 크리스마스

메리 포핀스가 되었다.

하지만 지금 같아선 메리 포핀스고 뭐고 없었다. 얼른 집에 들어가고 싶다는 조바심 말고는. 증세는 아무것도 없지만, 나도 여자 에티엔이 된 것처럼 신세가 처량했다. 감옥에 관한 책들에 푹 빠진 도서관 동료의 이야기에 의하면, 형량이 길었던 죄수들은 석방되어도 바깥에 나가고 싶어 하지 않는다고 한다. 한참 갇혀 있다보면 간수가 친숙하게 느껴지는 탓이다. 우리는 습관들의 총체이며, 그것들 대부분은 죽을 때까지 우리를 따라다닌다.

마르타는 디저트를 짓이겨 휘젓고 있었다. 시럽과 푸딩이 볼품없이 마구 섞여버렸다. 내가 얼굴을 찌푸리자 마르타가 웃었다. 잠시 후면 더 흉해질 텐데 뭐, 하며. 음식을 보기 좋게 차려놓은 수고는 무시하고, 어차피 배에 들어가면 다 섞일 거라며 엉망으로 만들어버리는 걸 즐기는 사람들이 있다.

"크리스마스는 어떻게 보낼 생각이니?"

내가 두려워하던 문장이 이제 막 우리 두 사람의 접시 사이에 내려앉았다.

"아무 계획 없어. 우리 둘뿐이야, 트리 하나하고."

"트리 만들 나무는 샀어?"

"아니, 내일 가서 사야 돼. 새를 한 쌍 샀어. 으제니오가 고양이를 사달라고 해서."

마르타가 놀라서 날 쳐다보았다. 내가 그녀라면, 아마 고양이 맞을 채비를 하느라고 먹이 삼아 새를 샀는가 했을 것이다. 그러나 마르타는 단지 내 말의 앞뒤가 맞지 않는다고 생각했을 뿐이다. 그러고는 걱정스러워했다.

"너 정말 스트레스가 많은가보다. 애한테도 그게 안 좋다는 거 알지?"

눈물이 솟았다. 어금니를 악 물었다. 난 양 볼이 새빨개지도록 커다란 소리로 대들었다.

"내 아이로 태어난 게 행운이 아니라는 건 나도 알아, 하지만 이미 저질러진 걸 어떡하니!"

귀가 붉은 파시스트와 파타고니아 여행가가 우리를 흘깃 쳐다보았다. 마르타가 내 어깨를 감싸 안고 힘을 주어 흔들었다.

"What about this cat(고양이 이야기는 또 뭐야)?"

그녀가 웃으며 물었다.

밤 열두 시였다. 집에 들어가봐야 했다. 마르타와 난 편안해진 마음으로 레스토랑을 나섰다. 둘 사이에 그런대로 만족스러운 약속이 이루어진 덕분이었다. 난 크리스마스는 방구석에서 으제니오하고 을씨년스럽게 보내기로 했다. 대신 다음 날 당장 브르타뉴로 달려가서 마르타와 에티엔과 합류하기로 했다. 재미난 사람들이 많이 몰려올 거고, 애들도 많을 거라고 했다. 벽난로를 지피고, 모노폴리 게임을 하고, 과자를 굽고, 산책도 할 것이다.

"너 우리 집에 안 와본 지 십오 년이나 됐지. 말이나 되는 이야기니."

마르타가 말했다. 그녀가 우릴 초대하기로 결심한 건 아마도 내가 고양이 이야기를 한 순간이었을 것이다. 이야기 꾸며대기 좋아하는 내 취미가 가끔 쓸모 있을 때도 있다는 게 증명된 셈이었다. 게다가 고양이 이야기는 내가 특히 좋아하는 것들 중의 하나가 아니던가. 그렇게 좋아해도 매달 도서관에서 열리는 '심리치료 이야기 시간'엔 절대로 할 수 없는 이야기였다. 너무 끔찍해서.

기사도를 발휘하는 신사처럼 나는 마르타를 먼저 내려주었다. 그리고 마르타가 비밀번호를 누르고 건물 안으로 사라질 때까지 택시에 탄 채로 기다려주었다. 그녀가 사는 곳은 유리와 시멘트로 지어진 현대식 건물이었다. 정문, 유리로 된 중앙현관문, 그리고 마지막으로 엘리베이터에 이르기까지 연달아 세 개의 비밀번호를 눌러야 했다. 로비에 쭉 늘어서 있는 열대식물들은 꼭 외계에서 온 스파이들 같았다. 번쩍이는 불과 스위치 따위가 달려 있지 않은 게 이상할 지경이었다. 나무들 사이의 길은 반들거렸고 적막했다. 그 건물은 아주 멋지긴 하지만, 술 취한 상태로 들어가선 안 될 것 같았다. (정신을 똑바로 차리지 않고서야 자기 집 침대에 이르기까지 반드시 거쳐야 하는 그 복잡한 절차들을 어떻게 다 치러낼 수 있겠는가.) 마르타 말로는 자살도 여러 건 있었다고 했다. 그러나 무슨 일이든 대수롭지 않게 여기는 그녀는 일의 원인과 결과를 혼동해선 안 된다고 강조했다.

이런 종류의 건물은 허약한 이들의 마음을 끌게 마련이야. 속이 텅 빈 조개껍데기가 소라게를 유인하듯이. 쇠로 만들어진 제2의 피부, 그건 절대로 찢어지지 않는다. 중세시대에도 약한 사람들은 무게가 천근만근 되는 근사한 갑옷으로 무장을 하고 돌아다녔겠지? 눈에만 겨우 구멍을 뚫고 말이야. 그 후, 우리의 갑옷은 어디로 갔을까?

택시가 이번에는 우리 아파트 앞에 나를 내려놓았다. 나는 걱정스러운 눈길로 집을 올려다보았다. 불빛이 보이지 않았다. 으제니오는 분명히 자고 있을 것이다. 시간에 개의치 않고 떠들어대는 새들만이 시끄러웠다. 아니, 사실은 한 마리만이 울고 있었다.

계단을 오르면서 또다시 고양이를 떠올렸다. What about this cat? 마르타는 내 이야기가 별로 사실 같지 않다고 했다. 혹시 꿈을 꾼 건 아니냐고 했다. 그 고양이 이름은 프레디 부아슈였다. 왜 그랬는지 기억은 안 나지만, 우린 그냥 프레디, 프레드 혹은 프레도라고 불렀다. 작년이었던가, 재작년이었던가, 종종 이렇게 기억이 헷갈린다. 어쨌든 크리스마스 며칠 전에 으제니오가 제 아버지에게 선물로 받은 고양이였다. 그 새까만 새끼 고양이는 푸른 눈으로 곁눈질을 잘했다. 그해 난 친구가 선물로 준 키 작은 전나무 한 그루를 혼자서 끙끙대며 들여놨다. 색깔이 퍽 밝고 좀 휘어 있는 것이었다. 프레디는 그 나무를 굉장히 좋아했다. 당장에 기어오르려고 들었다. 고양이들은 새들이 하는 걸 보고, 자기들도 나뭇가지 위에 앉을 수 있다고 생각한다지 않는가. 나뭇가지가 아래로 휘어졌다가 다시 튀어오르자, 그 녀석은 나동그라지더니 또다시 시도를 했다. 결국엔 옆에 있는 커튼에 매달려 침대로 올라가더니, 침대를 무슨 다이빙대나 도약용 발판처럼 이용하려고 했다. 전나무의 바늘 같은 이파리들이 떨어지면서, 터키산 카펫을 녹색으로 만들고 있었다. 난 그 난장판을 그냥 내버려두었다.

밖에 나갔다가 들어왔을 땐, 전나무는 바닥에 쓰러져

있고, 흙이 사방에 흩어져 있는 가운데, 프레디가 활개를 치며 뛰어다니고 있었다. 으제니오는 이 기막힌 상황 속에서도 데생을 하며 자신의 변함없는 애정을 과시하고 있었다.

나는 악을 썼다. 바보 같은 짓이지만 어쩔 수 없었다. 프레디와 으제니오는 의기소침해졌다. 그날 밤은 정말 끔찍했다. 프레디는 새벽 네 시까지도 내 침대 위로 올라와 뛰어다니며 날 자기 장난감 공처럼 갖고 놀았다. 새끼 고양이들도 아기들처럼 밤낮이 바뀌기 일쑤라는 걸 그때는 모르고 있었다. 나는 프레디가 그저 한 마리 고양이에 지나지 않는다는 생각을 하며 목욕탕에 가둬버렸지만, 그 녀석은 지치지도 않고 밤새도록 갸릉갸릉 울었다.

"난 이놈이 진짜 싫다." 내 말에 아이는 "엄만 어쩜 그렇게 못됐어" 하고 대꾸했다.

"나도 알고 있어." 난 이렇게 대답하고 말았다. 그런 상황에선 난 늘 그런 식이었다.

결국 나는 계단 밑에서 주워온 커다란 침대 시트에다 넘어져 있는 전나무를 둘둘 말아 쌌다. 누가 보면 영락없이 사람이라도 죽여서 치우는 줄 알았을 것이다. 계단에 바늘 같은 이파리들이 좀 떨어지기는 했지만, 그래도 그 방법이 제일 나았다. 길가에다 뼈대만 앙상하게 남은 나무를 풀어놓아 간단히 처리할 수 있었으니까. 그러나 고양이 사건이 진짜로 시작된 건, 그러고 다시 올라갔을 때부터였다. 프레디가 다리를 절고 있었다.

"엄마, 의사 좀 불러줘. 제발, 의사 좀."

으제니오가 울면서 통사정을 했다. 크리스마스 다음 날 의사라……. 가슴이 쿵쾅거리기 시작했다. 내 능력으로는 해결할 수 없는 뭔가에 도전하려 할 때면 으레 그랬다. 나는 아이를 품에 안고 눈물을 닦아주었다.

"걱정 마, 이 멍청한 녀석이 전나무 갖고 재주를 부리다가 가시에 찔렸을 거야, 아니면 발목이 삐었든지."

"엄마도 참, 고양이가 무슨 발목이 있어! 내친김에 아예 뾰족구두를 신었다고 하지 않고?"

으제니오는 웃음이 터져 나와 말도 잘하지 못했다. '내친김에'는 내가 무척 좋아하는 표현이었다. 좀 생각 없어 보이긴 하지만.

내친김에 나는 'SOS 수의사'에게 전화를 했다. 동물들한테는 'SOS 소아과 의사'나 마찬가지인 곳이었다. 그곳 의사들은 시간을 충분히 가지고 마음이 놓이도록 설명을 해준다. 〈못 말리는 산타클로스〉(프랑스 코미디 영화, 여기에는 'SOS 친구'가 등장한다)에 나오는 띠에리 레미띠처럼. 그게 바로 좋은 점이기도 하다.

"삼십 분만 있으면 의사가 올 거야."

나는 으제니오에게 알렸다.

프레디는 작디작은 새끼 늑대같이 두 귀를 늘어뜨린 채 신음 소리를 냈다. 으제니오는 고양이 주둥이 밑으로 장난감이란 장난감은 다 갖다주었지만 아무 소용 없었다.

"그놈의 장난감들 때문에 깔려 죽겠다!"

내가 무섭게 말했다. 병든 동물들은 정말 싫다. 못됐다고 해도 할 수 없다. 우리는 〈아리스토캣〉을 보면서 수의사를 기다렸다. 프레디가 온 이후로는 계속 그 영화만 봐왔다. 월트 디즈니의 만화영화들 중에 가장 재미없는 것이지만, 으제니오가 프레디에게 그 정도 배려는 해줘야 한다고 억지를 부렸던 것이다.

"고양이는 보지도 않는다니까. 애는 이해도 못 하고, 영화 같은 덴 관심도 없단 말이야." 난 심통을 부리고는 은근슬쩍 물어봤다. "분위기도 바꿀 겸 〈101마리의 달마시안 개〉를 보면 어떻겠니?" 그러자 아이는 "난 먹을 거야, 코끼리 한 마리를 통째로 삼켜버릴 거라고!" 하고 대꾸했고, 난 그런 녀석이 귀여웠다.

"엄마, 차라리 프레디를 죽이고 싶다고 해. 이 녀석한테 개 백 마리라니, 그건 엄마한테 호랑이 백 마리나 마찬가지라고. 아니면 경찰관 백 명이거나."

으제니오가 화를 냈다. 내가 경찰관을 무서워한다는 건 어떻게 알았을까? 모를 일이었다.

수의사가 초인종을 누른 건, 더치스와 토마스의 사랑이 한창 무르익을 때였다. 의사가 들어오며 말했다.

"어! 〈아리스토캣〉이잖아, 내가 좋아하는 건데!"

다급한 상황에서 분위기를 누그러뜨리는 데 능숙한 점은 소아과 의사와 비슷했다. 그리고 그는 망설이지도 않고, 털실 뭉치가 넘쳐나는 바구니 쪽으로 발걸음을 옮겼다. 물론 프레디는 거기에 없었다. 녀석도 나만큼이나 먼지 구덩이를 싫어했던 것이다. 으제니오가 입에다 손가락 하나를 갖다 댄 채 침대 쪽을 가리켰다.

"저쪼게 이써요!"

마치 제 아기한테 푹 빠진 엄마처럼 속살거렸다.

수의사가 고양이에게 무슨 덫 같은 걸 씌우려 하자 겁쟁이 프레디는 불안한지 주둥이를 내밀었다. 수의사는 자신 있는 손놀림으로 고양이를 붙들었다. 으제니오와 나는 고개를 잔뜩 움츠렸다. 프레디는 몇 발자국 걸어보라는 명령을 받고는 불쌍하게 절뚝거리며 내 쪽으로 다가와 내 발에 얼굴을 비벼댔다.

"삔 거예요. 아주 드문 일이긴 하지만 새끼 고양이한테 일어날 수 있는 일입니다."

으제니오는 내 말이 맞았다는 것 때문에 우쭐해했다. 이 아이는 내가 전에 의학을 전공하고 싶어 했다는 걸 알고 있었다. 갑자기 상냥해진 아이가 소곤거렸다.

"역시, 엄마는 수의사를 해도 됐겠다."

"얘는, 아냐!"

나도 아이와 같은 말투로 대답했다. 난장판이 된 외양간에서 암소 배 속 깊숙이 팔을 박고, 거꾸로 자리 잡은 송아지를 제대로 돌려놓는 내 모습을 상상하면서.

그동안 의사는 커다란 가방을 열었다. 사실 그건 왕진 가방이라기보다는 거대한 연장궤 같아 보였다. 그 가방 속에는 수십 개의 유리병과 주사기가 들어 있었는데, 대부분이 빨갛거나 하얗거나 노란 액체로 가득 차 있었고, 조그만 이름표들이 붙어 있었다. 의사는 으제니오에게 머리가 둘 달린 송아지 이야기를 재미있게 해주면서, 병을 하나 집어 들고, 주사기를 하나 집어 들고, 마지막으로 고양이를 집어 들었다. 그리곤 다 됐다. 그가 한 말도 바로 그거였다.

"다 됐다!"

그 순간, 으제니오가 비명을 질렀다. 기절한 건지, 죽은 건지, 프레디가 축 늘어져버린 것이었다.

"뭘 어떻게 하신 거죠?"

나는 최대한 점잖게 목소리를 가다듬고 수의사에게 물었다. 속으로는 '당신, 프레디를 죽였지, 미친놈!' 하고 있었지만, 사실은 감히 그럴 생각도 못 하고, 땀만 뻘뻘 흘리면서 간이 콩알만 해져 있었다. 나는 뭘 어떻게 해야 하나 궁리하고 있었다. 상황이 어떻게 돌아가는 건지 알 수 없었다. 그는 모피 목도리처럼 축 늘어져버린 고양이 새끼를 집어 들고 진찰을 했다. 으제니오와 나는 숨도 못 쉬고 그가 하는 양을 바라보고만 있었다. 방 안에 있는 모두가 감히 숨을 내쉬지 못했다. 어쨌거나 고양이는 분명 숨을 쉬지 않았다. 나는 한 집안의 가장답게 어두운 목소리로 물었다.

"어떻습니까?"

"혼수상태에 빠졌어요."

수의사가 당혹스러운 표정으로 대답했다. 그러니까 죽었다는 건 아니었나. 나와 의사를 보며 소리 없이 울고 있던 으제니오가 갑자기 대들기 시작했다.

"도대체 고양이한테 무슨 짓을 한 거예요?"

"의료사고지. 나도 모르겠다. 이런 실수는 처음이어서. 내가 〈아리스토캣〉 때문에 정신이 나갔나봐. 내가 제일 좋아하는 장면이 나오는 바람에. 사실 내가 수의사가 되기로 한 것도 바로 그 장면 때문이었거든." 수의사는 내 쪽으로 돌아서며 덧붙였다. "최근에 전 새로운 실험을 시작했거든요. 그 덕에 세상이 여러 가지로 새롭게 보이기 시작했죠. 이해하시겠어요?"

이제 이 사람도 자신의 실험이 커다란 성과를 올렸다는 확신은 갖지 못하겠군, 하는 생각이 들었다. 이 지경이 되어버렸을 수많은 새끼 고양이들에겐 지독히 재수 없는 일일 테고.

으제니오는 더 울지 않았다. 아이는 수의사를 꼼꼼히 뜯어보았다.

"그러니까 아저씨가 프레디를 죽인 건가요? 이젠 끝이에요? 더 이상은 아무 일도 안 일어나나요? 아저씨는 벌도 안 받나요? 사람은 고양이를 죽여도 되나요? 남의 집에 와서 주사 한 대로 고양이를 죽이고 그냥 가버려도 되는 거예요? 그리고 엄마는, 엄마는 저 아저씨랑 이야길 하고 싶어?"

수의사는 으제니오에게 손을 내밀려고 했다. 그건 별로 현명한 짓이라고 할 수 없었다. 그는 프레디가 완전히 죽은 건 아니라고 했다. 절대로 그런 건 아니고 그냥 잠이 든 것뿐이라고.

"〈잠자는 숲속의 공주〉처럼 말이야, 알겠니, 꼬마야."

그가 장난기를 섞어 주워섬겼다. 비유도 참 멍청한 걸 드는군.

"내가 이 녀석 발 삔 걸 치료해주려고 마취제를 놓는다는 게 그만 약병을 착각했구나. 세인트버나드나 도베르만이나 레온베르거같이 덩치가 큰 개들한테 쓰는 약을 썼거든."

"그럼 우리 프레디가 몇 년 동안이나 자게 되나요?"

동화 같은 아름다운 상황에 정신이 팔린 으제니오가 마음의 평정을 되찾고 물었다.

"한 스무 시간쯤."

의사는 자신 있게 말했다. 이런 일이 일어났는데도 내용이야 어떻든 그토록 확실한 태도로 말하는 모습이 놀랍기까지 했다.

"근데, 주의할 게 있어. 녀석이 자기 집에서 나오지 못하도록 해야 돼. 그리고 깨어날 때는 옆에 있어주고. 환각 증상이 일어나면 무슨 짓을 할지 모르거든."

말하자면 제 머리를 권총으로 쏜다든지…… 머릿속으로 그런 끔찍한 상상이 떠올랐지만, 난 아무 말도 덧붙이지 않았다. 지금 상태만으로도 충분히 복잡했다.

수의사는 떠났다. 진찰비는 받지 않았다. 우리는 거푸 다섯 번이나 〈101마리의 달마시안 개〉를 보면서 하루 종일 가엾은 프레디를 지켰다. 그다음 며칠은 더 끔찍했다. 프레디는 발을 삔 게 아니라 티푸스에 걸린 것이었다. 우린 필사적으로 싸웠지만 지고 말았다. 녀석은 나흘 만에 죽었다. 수의사는 매일 고양이를 보러 들렀다. 불행을 함께 겪으면서 우리는 거의 친구가 되어 있었다. 프레디는 털이 온통 젖은 채 아무것도 마시려들지 않았다. 이틀 동안을 울어대더니 그나마도 그쳐버렸다. 상태가 훨씬 더 나빠진 것이었다. 그게 작년 일이었다. 그다음부터는 집 없는 고양이, 버려진 고양이들이 눈에 띌 때마다 측은해서 구해주고 싶은 마음이 드는 걸 애써 참아왔다. 말할 것도 없이 내겐 그럴 능력이 없었다.

현관문에 열쇠를 끼우고 돌렸다. 잠긴 문을 열 때면 늘 예전의 친구들이 생각났다. 가끔 저녁 외출을 할 때 아이들만 남겨두고 나갔던 그 친구들은 이렇게 말하곤 했다. "애들이 인생의 전부는 아니잖아. 가정생활에 파묻혀서 우리 자신의 생활을 잃어선 안 돼. 우리도 엄연한 시민이잖아!" 언제나 이런 식이었다. "갓난아기한테 무슨 일이 일어나겠니. 아기들은 밤에는 자게 돼 있어. 자다 깨서 울기도 하겠지만, 울

엄마의 크리스마스

다 지치면 또 자는 거지 뭐." 또 이렇게 말하기도 했다. "이제 애들도 다 컸어!" 하지만 그런 그들도 협정을 맺고 있었다. 집에 들어갈 땐 언제나 아버지가 앞장을 섰다. 그가 먼저 아이 방문을 열어보고는 이렇게 말하는 것이었다. "마들렌, 들어와도 돼, 이번에도 아무 일 없었어!"

그러나 나에겐 한발 앞서 들어가줄 남자가 없었다. 그리고 난 언제나 겁이 났다. 아이 방문을 열 때마다. 나 자신을 안심시키느라 마들렌의 남편 이야기를 또다시 떠올리며, 그가 나를 보호해주기라도 할 것처럼 의지했다.

으제니오는 침대에서 발딱 일어났다. 아이는 잠에 취한 목소리로 엉뚱한 소리를 했다.

"엄마, 영국 여왕 이야긴데, 그래도 행복하긴 한가봐. 텔레비전에서 여왕의 성에 대한 다큐멘터리를 봤거든. 새들이 굉장히 많더라."

그러고는 다시 잠이 들었다.

모두가 잠든 시각엔 혼자라는 느낌이 더 심해졌다. 나는 신문을 한 뭉치 가져다놓고 훑기 시작했다. 우리 친애하는 여왕에 대한 정보가 있나 보려고, 그리고 내일을 생각하지 않으려고. 내일은 12월 24일, 특별한 일은 없다. 조용히 지내려고 노력해야 한다. '르망 24시'와 〈여성 삶의 24시〉를 생각하고, 24마리의 양을 24번 세어도 잠이 안 왔다. 매시 정각마다 시계가 운다. 나는 신문에 실린 파티드레스들을 죄다 연구했다. 또 몇 시간 동안만 배가 쏙 들어가도록 만드는 최신 약품들, 점토, 그리고 장을 청소해준다는 약에 대한 정보까지. 도대체 삶에 대해 얼마만큼 확신이 있으면 그처럼 해롭고 위험할지도 모르는 것들을 삼킬 수 있을까. 기사 하나가 눈길을 끌었다. 수단 원피스를 입고, 쥐색 모자를 쓰고, 털이 곱슬곱슬한 하얀 강아지를 품에 안은 엘리자베스 2세의 사진이 있었다.

"영국 여왕이 밸모럴성에서 사고를 당했다. 여왕은 하늘에서 떨어진 꿩에 맞아 어깨 부분에 가벼운 부상을 입었다. 전문가들에 의하면 꿩의 추락 속도는 시속 40km에 달하므로, 훨씬 더 심각한 사고가 일어날 수도 있었다고 한다."

밸모럴성에서 땅바닥에 주저앉아 있는 여왕. 원피스 자락 위로 꿩의 깃털들이 휘날린다. 발길질하고 있는 말들, 사

엄마의 크리스마스

냥의 냄새, 새매들 같기도 하고. 멀지 않은 바다에서 파도가 바위에 부딪는다.

나는 목욕물을 받으며 욕조에 해초를 집어넣었다. 물이 녹색으로 변했다. 아담과 이브의 새장은 창가에 얹혀 있었다. 나는 욕조 속에 누워 그것들을 바라보았다. 뭔가 이상한 구석이 있는 듯해서 더럭 겁이 났다.

두 마리 카나리아 중 한 마리가 다른 한 마리보다 눈에 띄게 몸집이 컸다. 새 가게 여주인은 몸집이 크고 도발적이며 털이 부스스한 놈이 수컷이라고 했다. 아름답지만 부스스한 깃털 그리고 공격적인 노랫소리. 녀석은 끊임없이 또 한 마리의 카나리아, 이브를 노려보고 있었다. 찍소리도 못하고 두려움에 발발 떨고 있는 노랗고 하얀 조그만 깃털 덩어리. 아담은 이브가 먹이통 근처에 얼씬도 못 하도록 막았다. 문득 의심이 들었다. 어쩌면 큰 놈이 수컷, 작은 놈이 암컷이라는 건 착각일지도 모른다. 그런 건 그저 심리투사, 강한 것과 약한 것을 갈라서 생각하는 고정관념에 지나지 않을 수도 있다. 어쩌면 내 눈앞에 있는 건, 아담이라는 이름의 잔인하고 커다란 암컷과, 이브라는 이름의 겁에 질린 자그만 수컷인지도 모른다.

아담은 공격하지 않고 가만히 있었다. 새장 안은 정돈되어 있었다. 이브는 위쪽에 있는 작은 횃대에 의기소침하게 앉아 있었다. 소리 없이 발발 떨면서. 아담은 이브를 뚫어지게 바라보고 노래를 하면서 기다리고 있었다. 가서 으제니오를 깨우고 싶었다. 무지무지 겁이 났다. 막연하게 냉소적인 기분이 들면서, 내 눈앞에서 범죄가 벌어지고 있다는 생각이 들었다. 갑자기 해초 물에 몸을 담그고 있는 것도 무서워졌다. 새장 문을 열어줘야 할까, 아니면 아무것도 못 본 척해야 할까. 나는 우스꽝스러운 드라마를 지어내고 있는 게 분명했다. 늦은 시간, 크리스마스, 그리고 포도주. 아니면 프레디 생각을 다시 한 까닭에, 프레디의 꺾여버린 가엾은 생명 때문에 이런 기분이 됐는지도 모른다.

나는 물에 젖은 채로 벌벌 떨면서 곡식 낟알들을 가져다 작은 카나리아에게 살살 뿌려주었다. 그러자 커다란 놈이 튀어 오르는 바람에 나는 깜짝 놀라 달아났다. 곡식 낟알들이 멀리까지 흩어졌다. 잔인한 수컷은 가엾은 암컷이 꼼짝도 못 하도록 막고 있었다. 나는 내가 그토록 희망을 걸었던 카나리아 한 마리조차 구해줄 능력이 없었다.

잠에서 깨어났을 때, 밖은 여느 일요일이나 공휴일 아침과 다를 바 없이 적막했고, 파리의 부드러운 공기가 거리를 두텁게 감싸고 있었다. 파티, 선물, 저녁 초대……. 나는 가벼운 흥분까지 느끼며 이불을 걷어치웠다. 그리고는 잠시, 밀물처럼 몰려드는 우수와 제방처럼 그걸 막아서는 용기에 대한 상념에 빠져들었다. 네덜란드의 소년 이야기가 생각났다. 그 소년은 어느 날 아침, 길을 가다 우연히 마을 제방에 작은 구멍이 난 걸 발견했다. 그 제방은 매립지로 이루어진 마을을 북해의 잿빛 파도로부터 보호해주는 것이었다. 마을

엄마의 크리스마스

에 물난리를 일으킬 수도 있는 아주 작은 구멍 하나. 소년은 구멍 속으로 손가락을 집어넣어 물이 새지 않도록 했고, 결과적으로 마을 전체가 물에 잠기는 걸 막았다.

언제 누가 나타나줄 건지조차 알 수 없는 채로, 혼자서 추위를 견디며 꼼짝 않고 있었던 어린 소년의 작디작은 손가락 하나. 그 아이는 그렇게 마을을 구하다 자신은 얼어 죽을 지경이 되었다지. 그다음엔 어떻게 됐는지 생각도 안 나는군. 난 물을 끓이며 생각했다. 그때, 부엌의 찬 공기를 가르는 고함 소리가 들려왔다.

"엄마, 이브가 죽었어, 이브가 죽었어!"

으제니오는 겁에 질려 눈이 휘둥그레져 있었다.

"엄마, 왜 이렇지? 왜 이런 거야? 무슨 일이 있었어? 이브가 아팠던 거야, 자살을 한 거야, 아니면 아담이 죽인 거야?"

욕조 위 선반은 조용하기 그지없었다. 새장 바닥에 두 마리 중 작은 녀석의 하얀 몸뚱이가 축 늘어져 있었을 뿐.

"내가 어떻게 아니."

아이한테 무슨 말을 해야 할지 아무 생각도 나지 않아

서 그저 멍하니 있는데, 초인종이 울렸다.

현관에는 낯선 청년이 서 있었다. 푸석푸석한 머리카락은 곤두서 있었고, 수염은 한 이틀은 안 깎았는지 양 볼이 푸르스름한 게 좀 어수룩해 보였다.

"꽃 배달 왔습니다! 메리 크리스마스!"

하얀 치자나무꽃과 얼룩무늬가 있는 나리꽃과 홍차 빛깔의 장미로 된 꽃다발을 불쑥 내밀면서 그가 활달하게 소리쳤다. 으제니오는 내 허리춤에 바짝 달라붙어 있었다. 꽃집 청년은 우리 두 사람 다 울고 있는 것을 보고는, 놀랄 만큼 재빨리 태도를 바꾸며 차분한 어조로 물었다.

"무슨 일 있으세요?"

"아뇨, 별일 아니에요."

내 꼴이 좀 우습게 느껴졌다. 팁이라도 줘야 할 텐데 지갑이 어디 있는지도 알 수 없었다. 으제니오는 내가 '별일 아니라'고 한 게 무슨 불경죄라도 저지른 것 같은지 몸을 바르르 떨기까지 했다. 청년이 다정한 말투로 물어봤기 때문인지 아니면 내가 모르는 다른 까닭이 있는지, 아이는 갑자기 알지도 못하는 그 사람에게 스스럼없이 이야기를 시작했다.

엄마의 크리스마스

"어젯밤에 우리 새 한 마리가 죽었거든요. 그건 내 크리스마스 선물이었는데. 엄마랑 미리 나가서 사왔던 거예요. 크리스마스엔 가게들이 문을 닫으니까요. 그런데 우린 동물을 키울 복이 없나봐요. 작년엔 프레디가 죽더니, 올해도 또 이래요. 카나리아 한 쌍이었거든요. 사이좋게 살면서 새끼도 낳고, 노래 부르기 대회에 나가서 상도 타고, 둘이 절대로 헤어지지 않았어야 했는데."

"어디, 그 새 좀 볼까."

청년이 부드럽게 말을 건넸다. 그는 으제니오의 손을 잡고 욕실로 갔다. 이제는 햇빛이 새장 위를 비추고 있고, 살아남은 카나리아는 황홀하리만큼 아름다운 소리로 목청껏 노래를 부르고 있었다. 깃털이 유난히 매끄럽고 목도 튀어나와 있었다.

"얘는 아담이고요, 바닥에 있는 게 이브예요."

꽃집 청년은 한마디 말도 없이 새장의 작은 문을 열고 자기 손바닥에 이브의 작은 몸뚱이를 올려놓았다. 그는 꼼꼼히 살펴본 후 휴지로 이브의 몸을 싸더니 자기 작업복 가슴에 달린 주머니에 살그머니 집어넣고는 우리를 부엌으로 이끌었다.

청년은 으제니오를 무릎에 앉혀놓고 이야기를 하기 시작했다. 물이 끓고 있었다. 나는 차를 준비했다. 구석에서는 여전히 아담의 노랫소리가 들려왔다. 아래층 계단 밑에서도 카나리아들이 쉴 새 없이 경쾌한 멜로디를 주고받다가 싸우듯 시끄럽게 굴기도 하고 있었다.

"이브는 암컷이 아니었어. 수컷이었어. 조그맣지만 그래도 수컷이었단다. 새를 판 남자가 잘못 안 거야. 그런 실수를 하는 사람들이 요즘엔 상당히 많더구나. 새 장사를 하려면 꼭 알고 있어야 할 최소한의 지식조차 배우려고 하질 않기 때문이지. 아담은 이 불쌍한 이브를 건드리지도 않은 채로 죽었어. 이브가 자기 새장에 함께 있다는 것 자체가 이미 아담에겐 도전으로 보였던 거야. 이브가 먹이도 물도 못 먹도록 만들어서 죽게 한 거지. 동물이란 그런 거란다."

말하는 내내 그의 목소리는 한껏 격앙되어 있고 말투에선 열정이 느껴졌다. 그래서 새를 판 사람은 남자가 아니고 여자였다고 고쳐줄 엄두는 나지도 않았다. 그런 소리를 하면 이야기가 훨씬 더 복잡해질 것 같아 두려웠다.

"난 그렇게 실력 없고 무책임한 사람들이 정말 싫어! 요새는 모든 게 다 그런 식이라니까. 아무것도 모르는 채로 죄를 짓게 되잖니."

청년은 화를 내고 있었다. 가만히 보고만 있던 나는 놀랐다. 그의 분노에 찬 열변은 무슨 설교도 아니었고 미리 준비해둔 연설 같은 것도 아니었다. 그렇게 화를 내는 사람이 예전에 있기나 했던가, 요즘 세상에서 누가 그렇게 분개를 한단 말인가, 더구나 꽃집 총각이 말이다. 우리의 고정관념이 얼마든지 틀릴 수 있다는 게 또 한 번 증명된 셈이었다. 자, 소련 연구가들, 지진 연구가들, 잡지 편집장들, 청소년 비행 문제를 해설하는 사람들, 우리 관습과 풍속을 연구하는 사람들, 난 지금 당신들한테 말하고 있는 거라고요.

"아담에게 벌을 줘야겠어요. 죽여버려야겠는데 아저씨가 도와줄 수 있어요? 전 어떻게 해야 하는지 몰라서요. 새들은 목이 없으니, 목을 조를 수도 없고."

으제니오가 말했다. 꽃집 청년은 아이의 제안에는 별 반응도 보이지 않고 이렇게 말했다.

"먼저 이브부터 묻어줘야지. 그리고 나도 너무 늦게 들어가면 안 되거든. 가게에선 나한테 무슨 일이 생긴 줄 알 거야. 우리 가게에 묘목이랑 상자 같은 것들을 놔두는 빈터가 좀 있거든. 너만 좋다면 거기다가 이브 무덤을 만들어주고 싶구나. 시든 꽃잎들이 계속 떨어질 테니까 이브도 싫어하지 않을 거야, 오히려 좋아할 것 같은데. 아주머니, 괜찮다면 제가 아드님을 데려가서 장례식을 치르고 다시 데려다줘도 될까요?"

나는 흙을 씹는 기분이었다. 죽은 새 한 마리, 누가 보냈는지도 모르는 향이 지독히 강한 꽃다발, 장례식을 해주겠다는 낯선 타인. 내 안의 목소리는 이렇게 말하고 있었다. 어른답게 굴어야 해. 이렇게 말해. '아뇨, 됐어요. 감사합니다. 정말 친절하신 분이네요. 으제니오, 이리 오렴.' 그러나 또 다른 목소리가 이렇게 속삭이는 것이었다. '이 배달원은 그런 걸 어떻게 이리 잘 알지? 좀 물어봐!'

으제니오는 갑자기 아주 명랑해졌다.

"엄마, 난 갈래. 엄마도 같이 가."

"너 지금 우리가 잠옷 차림이란 건 알고 있니?" 하고 말을 받으며 난 얼굴을 붉혔다. 실은 나 자신도 그제야 거기에 생각이 미쳤기 때문이다. 난 잠옷 바람일 때 누가 들이닥치는 걸 무엇보다 싫어하는데 말이다. 난 그런 게 끔찍할 정도로 싫다. 마치 외출복과 화장이, 폭력이나 사람들의 평가로부터 우릴 보호해주기라도 하는 듯이.

"아저씨, 우리 옷 갈아입고 금방 갈게요."

"그래. 제 이름은 안톤입니다. 저의 어머니가 안톤 체호프를 너무 좋아해서 지어준 이름이죠. 안톤 체호프는 희곡을 여러 편 쓴 러시아 작가거든요. 아, 나 좀 봐, 아주머니도 다 알 텐데……. 우리 가게 주소는 꽃다발에 쓰여 있습니다. 바로 요 앞이죠."

그는 찻잔을 설거지통에 가져다놓고, 꽃병에 꽃을 생각도 않고 내버려둔 꽃다발에 어두운 눈길을 한 번 보내고는 나갔다.

우린 꽃을 꽂았다. 으제니오도 날 도와주며 즐거워했다. 꽃꽂이는 우리 어머니가 내게 남겨준 재주 중의 하나였다. 꽃을 한 송이씩 차례대로 배치한다. 그러면 꽃들은 나름대로 적당히 기울어지고, 한 송이 한 송이마다 보일 듯 말 듯한 신비가 어린다. 그런 게 바로 조화라는 것이리라. 그렇게 꽃꽂이가 제대로 되면 방 안에는 향기와 더불어 꽃의 비밀스러운 아름다움이, 꽃의 정적이 은은히 퍼진다.

"도대체 누가 이 꽃을 보냈을까?"

내가 으제니오에게 물었다. 우리는 꽃집에 가려고 외투를 꿰어 입는 중이었고, 집 안은 거의 다 정돈되어 있었으며, 아담은 욕실에서 그 어느 때보다 더 화려한 목소리로 노래를 부르고 있었다.

"난, 아빠가 보낸 거였으면 좋겠어."

으제니오가 용기를 내서 나를 쳐다보며 아주 작은 소리로 말했다. 가슴이 찢어지는 듯했다. 그러나 아이는 자기도 뭘 좀 안다는 듯한 말투로 계속했다.

"엄마는, 남몰래 엄마를 짝사랑하는 굉장히 멋진 남자가 보낸 거였으면 좋겠지? 페데리코 펠리니(이탈리아 영화감독)라든가."

"그 사람은 벌써 죽었다는 거나 알아둬라."

내가 점잖게 대꾸하자 아이도 지지 않고 짓궂게 맞받았다.

"그럼 브래드 피트 아닌가?"

"글쎄, 그럴 수도 있지. 금방 알게 되겠지 뭐."

난 현관문을 닫으며 그 이야기를 끝내버렸다. 브래드 피트가 누군지 혼동이 일었지만 내색은 하지 않았다. 어쨌거나 우린 장례식에 가고 있는 중 아닌가.

"장례식을 하고는 뭐 하지? 오늘이 바로 크리스마스이브라는 거, 엄마도 잊어버리진 않았지? 근데 아직 트리도 안 만들었고, 집 안에 장식도 하나 없고. 하루 종일 심심하게 지내기는 싫어. 뭔가 잊지 못할 추억거리를 만들어야 해. 엄만 마음만 먹으면 얼마든지 할 수 있잖아."

내 하나뿐인 아들에게 그런 식의 아부를 가르친 건 말할 것도 없이 내가 아니다. 그럼 누구? 만일 그게 나라면, 어떻게 한 거지?

우린 마침 꽃집에 가는 길이니 트리를 사기엔 안성맞춤이라고 말해주었다.

"그다음엔, 가만있자…… 아! 그래, 봉마르셰 백화점에 가자. 거기 가면 으리으리한 식료품 코너가 있거든. 틀림없이 아주 재미나게 장식한 크리스마스 음식들이 많이 있을 거야. 아프리카 음식도 있을걸. 거긴 일요일에도 열거든."

으제니오는 그 정도 갖곤 안 된다며 투덜댔다. 장례식과 식료품 쇼핑만으로는 잊을 수 없는 크리스마스가 될 수 없으리란 것이었다.

꽃집은 길가에서는 거의 눈에 띄지도 않았다. 간판도 없고, 진열장엔 탈지면으로 만든 눈송이들이 촌스럽게 더덕더덕 붙어 있었다. 무슨 정글처럼, 고무나무들과 바나나무들 사이로 난 좁은 통로를 지나자, 안쪽의 홀에 전나무들과 큰 화분들이 놓여 있었다. 그리고 지름이 2m는 돼 보이는 커다란 항아리 속에 진달래, 페튜니아, 장미, 튤립 그리고 언제나 내 심금을 울리는 프리지어 같은 꽃들이 가득 담겨 있었다. 등나무와 대나무로 된 울타리 뒤에선, 안톤과 동료 점원들이 전나무들을 눕혀서 일렬로 늘어놓고 있었다. 낯선 광경이었다.

으제니오는 신이 나서 뛰어가더니 그들 곁에 쭈그리고 앉았다. 난 거북해서 어쩔 줄 모르며, 그 자리에 붙박힌 듯 서 있었다. 코도 손도 발갛게 얼고 눈에는 눈물이 어린 채로.

"엄마, 됐다, 트리는 됐다!"

잠시 후, 으제니오가 소리소리 질렀다. 가지가 수도 없

엄마의 크리스마스

이 많은, 통통하고 키도 큰 전나무였다.

"아저씨들이 이 나무를 싸게 판대!"

불쌍해 보여서 적선하는 모양이로군, 나는 그런 생각을 했다. 꽃집 사람들은 나무가 똑바로 서 있을 수 있도록 십자가 모양의 받침대를 박아준 뒤, 장례식을 치르는 동안엔 한쪽 구석에 세워두었다. 그 가게에는 잡동사니들을 모아놓는 작은 빈터가 있었다. 그걸 보자 어린 시절 처음으로 가져봤던 작은 꽃밭이 생각났다.

아홉 살 때였다. 우리 부모는 내게 인내심을 길러주고 자연을 가르치겠다는 교육적인 목적에서, 튤립 구근, 사프란 구근, 무 같은 것들을 심게 했다. 그건 실제로 내가 바라던 일이기도 했다. 나는 씨앗 카탈로그를 보며, 갖고 싶은 꽃에다 표시를 했다. 무슨 공작부인 같은 제목이 붙어 있던 그 카탈로그에는 백합, 팬지, 글라디올러스 등 멍청하고 거드름을 피우는 듯한 꽃들이 잔뜩 그려져 있었다.

하느님의 심술이었는지, 내 정원에선 아무것도 자라나지 않았다. 네모난 꽃밭은 무덤같이 보였다. 차갑고 축축한 흙에는 아무것도 보이지 않았다. 난 슬펐지만 땅에서 잔가지들과 돌멩이와 두더지 똥 등을 정성스럽게 골라내곤 했다. 그러기를 이 년 넘게 계속한 끝에, 사프란 이파리 몇 개가 조심스럽게 고개를 내밀었다. 그 후로 나에겐 무덤이란 무덤은 모조리 그 꽃밭처럼 보이곤 했다.

이브는 그 빈터에 묻혔다. 아쉬운 대로 마련한 구두 상자에 솜으로 침대를 만들어 넣고 바이올렛으로 네 귀퉁이를 장식했다. 그런 어린애 같은 짓거리에 가슴이 찡했다. 우린 으제니오가 원하는 대로 〈연못가에서〉와 〈생뱅상 거리〉를 불러주었다. 장례식이 끝나자마자 난 나올 구실을 찾았다. 우리는 고맙다는 인사를 하고 전나무를 가지고 그 자리를 떴다.

"엄만 왜 꼭 친구를 사귈 만하면 도망을 치는 거야?"

으제니오가 물었다. 나는 대답하지 않았다. 나도 모르긴 하지만, 그건 분명 사실이 아니었다. 그랬거나 저랬거나 집채만 한 전나무를 들고 오르막길을 오르면서 토론을 벌일 수는 없는 일이다.

우리는 매번 하던 대로 했다. 그러니까 무거워 보이는 밑둥치는 내가 들고, 한껏 신이 난 으제니오는 꼭대기 부분을 들었다. 아이는 노래를 부르고 있었다. 나는 걸으면서 으제니오에게 이야기를 들려주기 시작했다. 벌써 백 번쯤 하지 않았나 모르겠다. 푸프와 누아로가 집 안에 전나무를 들여놓기 위해 천장에 구멍을 뚫었다는 이야기를.

"맨날 그런 유치한 이야기만 해주다간, 엄마도 절대로 어른이 못 될걸. 그러다 어느 날 갑자기 팍 시들어서 쪼글쪼글한 할머니가 돼버릴 거라고. 조심해!"

숨을 가쁘게 몰아쉬면서 내 아들이 내게 주의를 줬다. 전나무 머리가 땅에 끌렸다. 난 마음의 상처를 감추지 않고 대꾸했다.

"뭘 조심하라는 거야? 트라키아의 아낙사고라스가 그랬지, 우릴 배반하는 건 가족밖에 없다고. 내 생각엔 푸프와 누아로의 이야기에서 배울 게 많은 것 같은데. 전나무 이야기도 그래. 전나무를 자르는 대신 천장을 톱으로 둥글게 잘라냈지. 그러니까 집이 나무에 둘러싸인 게 아니라, 나무가 집에 둘러싸인 게 되었잖아. 그 덕에 전나무 꼭대기는 지붕 밑에 사는 쥐들한테 나무 구실을 해주게 되었고. 엄마는 그 그림이 잊히질 않는구나. 거기엔 뭐랄까, 우리 고정관념을 뒤흔드는 게 있는 것 같지 않니?"

"엄마는 정말 못 말려. 아무래도 직업을 바꿔야겠어. 도서관 사서로는 절대 성공 못 할걸. 하는 이야기들이라는 게 전부 다……."

으제니오는 말을 맺는 대신 나무를 짐짝처럼 끙 하고 들어올리더니 한숨을 푹 내쉬었다. 간혹 아이가 어른이라도 된 듯이 굴 때, 난 그게 재미있다.

"손에 나뭇진이 묻어서 끈적끈적한데, 넌 안 그러니?"

나는 다정하게 물었다. 집에 거의 다 와가고 있었다. 해방과 기쁨의 순간, 마음을 맞추어서 걷는 몇 발자국. 나는 지나가는 사람들이 우리를 흘금흘금 쳐다보는 게 기분 좋았다. 웬 노인네 하나가 우릴 보고 소릴 질러댔다. 노파는 발목도 성하지 않고, 무릎엔 붕대를 감고 있고, 늙은 고양이의 털처럼 낡아빠진 누비 외투를 입고 있었다. 우리는 전나무를 땅에다 내려놓았다. 꼭 채플린 영화의 한 장면 같지 않았을까. 그 노파는 길모퉁이에 있는 노란 우체통에다가 봉투를 여러 장 집어넣으면서 혼자 싱글거리고 있었다.

"편지는 보내지만 받아볼 사람은 없어!"

"저 할머니는 미쳤어. 어휴, 냄새. 무슨 냄새가 이렇게 지독하지? 무서워!" 으제니오가 중얼거렸다.

"너, 저 할머니가 하는 말 들었니? 꼭 수수께끼 같구나. 혹시 누가 알아, 어쩌면 저 할머니가 바로 스핑크스인지?"

노인네 곁에는 사철 행상꾼의 것 같은 손수레 하나가 서 있었다. 그 안에는 비닐봉지며 헝겊이며 신문지에 싼 물건들이 쏟아질 듯 산더미같이 쌓여 있었다. 구멍 난 프라이팬, 고만고만한 작은 냄비들, 장난감들, 수십 벌은 될 것 같은 보푼 털스웨터들, 튜브에 든 크림, 사탕 통, 뒤죽박죽이 된 실 꾸러미, 사인펜 뭉치 등등. 깡통들과 끈 같은 것들도 엄청나게 많았고, 마지막으로 금 간 쟁반들과 의자 다리들이 그 짐 더미의 꼭대기를 장식하고 있었다. 노파는 계속 중얼거렸다.

"그 사람들은 벌써 오래전에 다 떠났는데, 세무서에서 그걸 알아야 말이지! 그 사람들 앞으로 오는 세금고지서를 내가 이렇게 돌려보낸다우! 꼭 크리스마스 때만 되면 독촉장이 날아온다니까. 난 계속 돌려보내고, 또 돌려보내고! 나라도 여기 사니까 망정이지!"

으제니오 말이 맞다는 생각이 들었다. 노파는 그냥 미친 것뿐이다. 노인네의 말은 무슨 의미심장한 은유도 아니고, 마술 주문도 아니고, 그냥 정신 나간 노인네의 허튼소리에 불과했다. 진짜 시시껄렁한 이야기로군! 하며 듣자마자 그냥 잊어버리면 딱 좋을 말들이었다. 아무 의미도 없는 저런 말들에 아이는 왜 그토록 겁을 내는 걸까. 그리고 난 또 왜 그걸 남의 일처럼 그냥 보고 넘기질 못할까. 어쩌면 그건 노파의 모습이 자질구레한 짐꾸러미를 들고 늘상 옮겨 다니는 삶에 대한 두려움을 환기했기 때문일 것이다.

"자, 빨랑빨랑해. 이렇게 어영부영하다간 오늘 하루도 완전히 공치고 말겠다!"

내가 말해놓고도 그 경망스러움에 한참을 웃었다.

전나무를 장식하는 데는 반드시 간이의자가 필요하다. 우리는 의자를 가져다놓고 손에 잡히는 건 모두 다 나무에 매달았다. 어느 집이나 다 그렇듯이, 우리 집에도 반짝이 공들이 잔뜩 든 상자가 있었다. 금 간 것들도 있지만, 어쨌거나 여러 해 크리스마스를 거쳐온 것들이었다. 그 외에도 여기저기 이가 빠진 장식용 금줄들과, 그런대로 독특하다고 할 수

엄마의 크리스마스

있는 장식품들이 꽤 있었다.

으제니오는 그것들을 모두 훤히 꿰고 있지만 그중에도 특히 우리가 여러 해에 걸쳐 직접 만든 장식품들에 특별한 애정을 갖고 있었다. 공예용 지점토 반죽으로 모양을 빚어 굽고 구슬을 실에 끼워 장식한 꾀죄죄한 인형 같은 것들 말이다. 깜박깜박 불이 들어오는 빨강, 초록의 꼬마전구가 달린 장식줄까지 있었다. 또 어디서 났는지는 잊었지만 금실에 꿰어놓은 진홍빛 반짝이 공도 있었다. 가엾은 고양이 프레디 부아슈는 우리 집에서 가장 아름다운 그 공 하나도 망가뜨려보지 못하고 세상을 뜨고 말았다.

트리를 온통 장식품으로 뒤덮고 난 후, 우리는 뒤로 물러서서 어떤가 하고 보았다. 으제니오가 내 허리에 와 매달리면서 말했다.

"이제까지 내가 본 트리 중에서 제일 멋있다!"

"그래, 우리가 이렇게 완벽하게 만든 적은 한 번도 없었지!"

나는 아이를 꼭 껴안아주며 한술 더 떴다. 맨 꼭대기에는 부인용 모자같이 별도 하나 매달아놨다. 크리스마스트리는 아이들 그림을 닮아야 성공작이고, 아이들 그림엔 절대로 별이 빠지지 않는다.

트리 장식을 끝내자, 버럭 지겨운 생각과 함께 짜증이 솟구쳤다. 영악한 으제니오가 또 한마디 했다.

"엄마, 요리해야 한다는 거 또 까먹었지?"

"그럴 수 있다면 얼마나 좋겠냐!"

나는 웃으면서 끓는 물에 이 분만 담갔다 꺼내면 되는 조개 모양의 파스타와 햄을 차려냈다. 크리스마스의 오찬으로는 괜찮은 편이었다. 트리 밑에 앉아서, 우리는 종이 접시에 묻은 소스를 화학 첨가물 범벅인 식빵으로 깨끗이 닦아 먹었다. 그러고 있노라니, 우리도 세상 사는 재미를 꽤 누리고 있다는 뿌듯함마저 느껴졌다.

"근데, 엄마 아이디어는 뭐야?"

원수 같은 아들 녀석이 또 채근을 했다.

종이 접시들은 다 치워졌고, 집 안은 아름다웠고, 내 마음은 평화롭고 한가했다. 양쪽 끝이 살짝 들어 올려진 붉은 커튼은 우리의 대화에 품위를 더했고, 창밖에선 작은 초록색 벽화가 가느다란 빗줄기의 냉기 속에서 아스라한 안개를 피위 올리고 있었다. 크리스마스트리에 매달려 반짝이는 색색의 전구들 위로 카펫의 미로 같은 문양들이 어려 있었다. 지금은 나도 색인 카드와 시간표와 일람표 그리고 도서관의 유령들에 만족하며 살고 있지만, 한때는 고대문화와 원주민들에 대한 남다른 애정으로 그들의 비밀을 착실히 연구했던 적이 있다. 불과 얼마 전의 일이지만, 그때까지만 해도 나는 몽상가들에게 시간이 얼마나 무서운 함정인지를 모르고 있었다.

잔인한 아담은 자고 있는 것 같았다. 계단 밑 새장에서 지칠 줄 모르는 노랫소리가 가물가물 들려왔다. 나는 크리스마스의 꼬마 병정에게 말했다.

"할 일이 세 가지 있거든. 깜짝 선물 하나랑 심부름 두 갠데, 순서는 네 마음대로 정해."

왜 그렇게 쓸데없이 말이 많니, 시간 낭비잖아! 언제나 내 뒤에 도사리고 앉아서 사사건건 꼬투리를 찾아내는 교육적 사명감이 날 또 나무랐다.

"심부름, 깜짝 선물, 심부름!"

그래, 교육은 이런 거야, 결정을 내리는 저 신속함이라니!

우리는 우선 아담의 임시 추방을 추진하는 일부터 시작했다. 장례를 치러준 꽃집 청년 안톤이 권한 일이었다. 일종의 시련을 겪게 만든다는 것이었는데, 그런다고 으제니오의 걱정이 사라진 건 아니었다.

"계단 밑에다가 다른 새들하고 같이 놓아두면 안 될까요? 아담이 정말로 그렇게 잔인하다면, 다른 새들이 가만 안 놔둘 테고, 그게 아니라면 거기서 그냥 행복하게 살 테니까요. 여기다 놔두지는 마세요. 꼬마가 계속 그 생각만 할 거예요."

안톤은 이렇게 충고를 했다. 나는 으제니오가 밤마다 손에 칼을 들고 새장으로 가서 불쌍한 이브의 복수를 해주는 상상을 했다. 안톤은 좀 싱겁게 웃으며 이렇게 덧붙였다.

"눈에서 멀어지면 마음도 멀어지는 법이거든요."

"그래도 노랫소리는 계속 들릴 텐데."

내가 반대를 하고 나섰다.

"글쎄요. 속담에도 귀에서 멀어진다는 말은 없잖아요."

안톤이 얼른 대꾸했다. 그는 정말로 특이한 사람이었다.

그렇게 해서 우리는 아담을 먹이통과 횃대와 함께 계단 밑 새장 속으로 이사시켰다. 나는 맹수 조련 시범을 보이는 서커스단의 소녀처럼 흥분했다. 아담은 머뭇거리지 않고 내가 시키는 대로 그 거대한 새장 속으로 미끄러져 들어갔다. 줄무늬가 있거나 깃털이 노란 다른 여섯 마리의 카나리아들 사이에서 유일하게 새하얀 아담. 녀석이 위쪽에 있는 그네에 가서 앉더니 목청껏 노래를 뽑아내자, 새장의 터줏대감들도 따라서 합창을 시작했다.

"애들은 아담한테 죽을 수도 있다는 걸 모르나봐! 피 냄새는 금방 퍼진다던데."

으제니오가 좀 실망한 듯 말했다.

"얼른 수영복 챙겨. 아쿠아블루바르에 데리고 갈게!"

내가 말을 돌렸다. 우리는 커다란 가방에다 짐을 쑤셔 넣고는 택시를 잡아 탔다.

우린 아쿠아블루바르에 가보는 게 소원이었다. 한 번도 못 가봤으니까. 으제니오가 끊임없이 졸라대기도 했지만, 나도 영화관에서 광고를 본 뒤로는 마음을 빼앗겨버린 게 사실이었다.

눈보라가 몰아치는 겨울 저녁, 콩코르드 광장. 지겨운 직장 생활로 권태에 찌든 우울한 여인이 나타난다. 그러나

여인이 포르트드방브역의 출구를 나와 포레스트힐이라는
이상한 이름이 붙은 마법의 놀이 공간으로 들어서는 순간,
그녀는 놀기 좋아하는 물의 요정으로 변신한다. 진짜 같은
해변, 진짜 같은 파도, 열대림에 파묻혀 있는 미끄럼틀. 그건
적어도 1km는 될 것처럼 길어 보였다. 게다가 야자수 아래
에서 즐기는 수중 안마까지…….

우리는 택시를 탔다. 부끄럽지만 이건 사실이었다. 언
젠가 별생각 없이 도서관의 동료 직원인 니콜 뵈레에게 택
시 타고 나들이 갔던 이야길 했다가 이런 잔소리를 들은 적
이 있다.

"넌 아들 버릇을 잘못 들이고 있는 거야. 걘 택시 타는
걸 당연하게 생각할 거 아니니. 우리나라의 대중교통 수준
은 세계 제일이라는데. 버스나 전철은 뭐, 개나 타라고 있는
줄 아니?"

그때 난 이렇게 대꾸했던 것 같다. 개들도 대중교통은
이용할 수 없는 것으로 안다고. 그리고 어느 해부 실험실에
선가는 이런 낯간지러운 편지를 보냈다지. '송구스러운 저희
마음을 견공께서도 헤아려주시길.' 나는 또 이런 말도 했다.

엄마의 크리스마스

남쪽 지방에 가면 택시가 별것 아니다. 그리고 택시는 나 같은 사람이 누려볼 수 있는 최대의 사치다. 따지고 보면 아무것도 아닌 일에도 차를 끌고 나가는 사람들이 얼마나 많으냐. 언제 쑤셔 박아놨는지도 모를 냄새나는 체크무늬 담요랑 잡동사니들을 싣고 길을 누비고 다니는 나홀로 차량들을 좀 봐라. 뉴스에서 보니까 그런 사람들 때문에 대기오염으로 질식하는 사람들이 매년 삼백 명씩은 된다고 하더라. 그런 속물 같은 짓이 교육적으로도 얼마나 나쁜 일이냐. 그런데 왜 그것에 대해서는 아무도 지적을 안 하느냐 등등.

우리를 낙원으로 데려가고 있는 택시 운전사는 알록달록한 털모자 밑으로 검은 머리카락이 삐죽삐죽 뻗어 내려온 게 꼭 스머프같이 보였다. 그는 털이 희한하게 나 있는 동글동글한 얼굴을 우리 쪽으로 돌렸는데, 보통 사람들의 얼굴에 난 털은 눈썹 혹은 수염이라고 불러야겠지만, 그의 경우는 그저 무질서일 뿐이었다. 두 가지 렌즈로 된 안경을 쓰고 있어서 눈이 꼭 파리 눈처럼 보이는 그는 커다란 안경 너머로 우리를 뚫어지게 보고 있었다. 그러면서도 겁 없는 행인이나 이상한 데 서 있는 가로등, 툭 튀어나온 보도블록 따위는 아슬아슬하게 피해갔다. 그는 팔을 마구 흔들어대고 이마는 화난 사람처럼 찌푸려가며 이야기를 시작했다.

"여자를 꼬시려면 어떻게 해야 되는지 아세요?"

운전사는 뭐가 그리 신나는지 말 울음소리를 내며 설명하기 시작했다.

"오늘은 크리스마스이브에다 일요일이기까지 하지 않습니까. 이런 날엔 특히 잘 알고 있어야 하죠! 그러니까 여자를 꼬시려면 말입니다, 아주 간단해요, 그 여자하고 딱 반대되는 이야기만 해주면 되는 겁니다. 여자가 못생겼으면 '당신보다 예쁜 여자는 없을 거야' 또 멍청한 여자한테는 '당신은 천재야' 이러는 거죠. 여자들은 언제나 그런 말을 믿거든요! 사실과 거리가 멀수록 더 잘 믿죠!"

"우리한테 왜 이런 이야길 해주는 거지?"

으제니오가 작은 소리로 물었다.

"글쎄 말이야. 특별히 너랑 나를 위해서 해주는 이야기는 아닌 것 같은데."

나 역시 황당해서 작은 소리로 대꾸했다. 니콜 이야기가 맞는지도 모르겠다. 어른들의 대화를 알아들을 만큼 다 커버린 아이를 데리고는 택시를 타지 말아야 하나보다.

"제라르 드빠르디유(프랑스 영화 배우) 좋아하세요? 좋아하실 것같이 보이는데."

갑자기 침울해진 운전사가 말을 이었다. 아쿠아블루바르가 있는 거대한 콘크리트 복합건물이 시야에 들어오기 시작했다. 개성이라곤 눈곱만큼도 없는 건물이었다. 나는 벌써부터 이 거북하기 짝이 없는 택시에서 잽싸게 뛰어내릴 생각으로 미리 50프랑짜리 지폐를 꺼내들고는 네, 아니오 건성으로만 웅얼거렸다. 그러나 운전사는 개의치 않고 계속 수다를 떨었다.

"난 말이죠, 제라르 드빠르디유가 꼴 보기 싫어 죽겠어요. 나하고야 만날 일도 없겠지만, 그래도 어찌나 원수 같은지. 난 그럴 이유가 있는 사람이라고요! 마누라가 그 자식 때문에 집을 나가버렸거든요!"

콘크리트 보도블록에서 솟아오르는 찬바람이 살을 에는 듯했다.

"엄만 그게 정말일 것 같아?"

으제니오가 손을 주머니에 찔러 넣고 걸어가며 물었다. 아이가 나보다 더 재빠르군. 이럴 땐 먼저 질문을 던지는 쪽이 이기는 건데. 난 대답 대신 "너는?" 하고 물었다. 나는 이 물음에 의심하는 투가 담기기를 바랐지만, 실제로는 추워서 투덜대는 형국이 되고 말았다.

"난 진짜인 거 같은데!"

으제니오가 단언을 했다. 드빠르디유, 택시 운전사 그리고 그의 아내가 등장하는 드라마를 떠올리자 불현듯 힘이 솟았다.

우리의 꿈동산에 이르기 위해서는 현대식으로 지어진 지하철역의 넓은 홀을 통과해야 했다. 수백 미터를 가로질러가자 끝없이 늘어선 상점들이 나타났다. 주로 스포츠용품 가게들이었다. 울긋불긋한 합성섬유로 된 야한 수영복들이 보란 듯이 걸려 있었다. 그 외에도 온갖 종류의 공, 권투장갑, 티셔츠, 여러 가지 라켓, 양말과 운동화, 세 가지 색으로 된 선수용 겉옷들과 방한복, 보라색 아령들, 허벅지 안쪽과 가슴 근육을 단련시키는 기구들…… 신제품들을 위해 끊임없이 확장되어가는 세계. 장사가 잘될지 안될지를 어떤 식으로 점칠 수 있는 건지 나로선 알 수 없었다.

"꼭 어른들을 위한 장난감 가게 같네. 안에 들어가면 분명히 '푸른 기차(리옹역 안에 있는 화려한 식당)'랑 똑같은 냄새가 날 거야." 으제니오가 말했다.

홀 끝에 이른 우리는 석면 냄새가 풍기는 기다란 복도로 접어들었다. 두 개의 에스컬레이터를 타고, 한 번인가 두 번인가 골목으로 꺾은 다음, 즉석 사진 촬영소들이 끝없이 늘어서 있는 홀을 또 한 번 지났다. 그런 사진 촬영소에선 달마시안 한 마리를 무릎에 올려놓은 채 백설 공주와 나란히 앉아 있는 자신의 모습을 새겨 넣을 수도 있었다.

좀 더 가니까 줄지어 선 음료수 자판기들이, 그다음엔 무인 사탕 판매기가 나타났다. 이름도 없는 갖가지 색깔의 사탕들을 200g만이라도 골라 담지 않고 지나친다는 건 도저히 불가능한 일이었다. 그 왕방울만 한 사탕들은 어찌나 끈끈한지 순식간에 이에 들러붙었다.

"요즘 사탕도 뭐 별거 아니구나!"

옛날의 미초코나 캐러멜 같은 것들이 그리워진 나는 비아냥거리는 말투로, 그 어떤 반박도 허락하지 않겠다는 단호한 어조로 말했다.

"여기는 〈라디오 노스탤지어〉 방송입니다. 프랑스 국민이 프랑스 국민에게 고합니다!"

아이가 발걸음을 재게 놀리며 대꾸해왔다.

"너, 언제부터 드골 장군 말을 다 인용하고 다니니?"

솔깃해진 내가 물었다.

"'드골' 장군이 누군데? 난 만화영화에 나오는 징글(라디오 방송용 광고 문구 혹은 노래)을 흉내 낸 거야. 엄마는 모르는 건데, 굉장히 웃기는 만화영화가 있거든. 아마추어 무선을 하는 골다라는 박쥐가 나오는 건데, 엄마도 보면 재미있어할걸. 골다는 굉장히 씩씩한 여자 대령이거든. 헬리콥터 특공대 대장이지. 걔가 맨날 '프랑스 국민이 프랑스 국민에게 고합니다' 이런다고."

나는 아무 대꾸도 하지 않았다. 우린 어느새 목적지에 다다라 있었다.

"우와, 저 파도 좀 봐!"

으제니오가 함성을 질렀다. 우리 발아래, 유리벽 너머로 거대한 해변이 들여다보였다. 파도의 리듬을 따라 일렁이

엄마의 크리스마스

는 사람들의 물결. 이곳을 설계한 이는 호쿠사이(일본 화가, 특히 파도를 묘사한 작품으로 유명하다)에게서 영감을 얻었을 거라는 생각이 들었다. 출렁이며 이리저리 부딪치는 사람들을 보니 갠지스강도 떠올랐다. 물론 만화영화에서밖에 못 봤지만.

"여기에 박쥐들까지 있으면 완벽한 풍경이 될 텐데!"

경계하는 눈길로 나를 쳐다보고 있는 아들에게 내가 말했다.

아쿠아블루바르의 해변으로 진입하기 위해선 먼저, 그곳의 자랑거리임이 분명한 탈의실과 물품보관소의 시스템을 이해해야 했다. 여섯 자리 숫자의 조합으로만 통과할 수 있는 미로. 먼저 열린 문들이 다 닫힌 뒤에 2프랑짜리 동전을 넣어야 비로소 열리는 다음 문. 위생에 대한 일종의 결벽증.

처음엔 그 절차가 합당해 보였다. 그러나 미지근한 물로 가득 채워진 거대한 대중목욕탕에 지나지 않는 인공 바닷속에 몸을 담근 순간, 단번에 확실해졌다. 위험은 안에 도사리고 있는데, 청결 의식은 바깥에만 있다는 사실이.

그곳의 열대 분위기는 꼭 전철 속 같았다. 전철의 인파,

전철의 냄새, 전철의 혼잡, 전철의 자재들. 지금 난 전철을 타고 있는 거야, 난 절망적인 기분으로 중얼거렸다. 발가벗고 전철을 탄 셈이었다. 무엇보다 끔찍한 건 다른 승객들까지도 모두 알몸이라는 것이었다. 보통 땐 그렇게 껴입고 다니던 사람들이 말이다. 게다가 수영복까지도 끈으로 된 스타일이 유행이니, 정말 거의 알몸인 셈이었다. 부스럼도 유행인가, 부스럼 난 사람은 왜 또 그렇게 많은지. 게다가 사람들 모두 발이 넷씩 달렸는지, 시선이 닿는 곳마다 온통 발들밖에 안 보였다.

"엄마, 물에 안 들어갈 거야?"

으제니오가 소리를 질렀다. 아이는 벌써 해변에 가 있었다. 거대한 열대의 파도가 내지르는 함성을 향해, 열대의 콘크리트 바닥 위를 달려가는 중이었다. 나도 물속으로 뛰어들었다. 자벨로 살균한 물, 염소 냄새가 지독한 물속으로. 난 코를 싸쥔 채로 너무 가까이, 너무 많이 있는 알몸들의 불쾌함을 떨쳐버리기 위해 애썼다. 물은 공기보다 분리시키는 힘이 약하다는 생각이 들었다. 마치 알지도 못하는 수많은 사람들과 욕실을 나눠 쓰는 기분이었다. 그 낙원을 메우고 있는 불빛은 욕실에서 흔히 사용되는 노르스름하고 을씨년스러운 전등 빛이었다. 그래서 사람들은 다 못나고, 창백하고, 허약해 보였다.

열여덟 살 때, 난 수만 명의 어정쩡한 관광객들 틈에 섞여 아크로폴리스의 성채를 기어 올라간 적이 있다. 쭉 늘어선 관광버스들이 토해내던 사람들. 허벅지를 다 드러낸 반바지 차림에 운동화를 신고 손목시계를 찼던 그들. 배에는 사진기를 걸친 채, 관광안내책자에 코를 박고, 내년에는 에트나 화산에 가봐야지! 하며 요란법석을 떨던 떨거지들. 그 광경을 본 순간 나를 엄습했던 혐오감과 죽음의 느낌을 나는 결코 잊지 못할 것이다. 지구상에 사람이 너무 많다는 게 어떤 땐 소름 끼친다. 즐거움에 겨워하는 몸뚱이들이 모두 다 죽어 거대한 묘지를 이룰 거라는 상상을 하지 않으려면, 머릿속으로 거의 투쟁을 벌여야 한다.

"엄마, 왜 그렇게 골치 아픈 얼굴을 하고 있어!"

물고기를 발견한 물개처럼 내 옆으로 툭 튀어 올라온 으제니오가 자상하게 물었다. 아이가 발을 한 번 찰 때마다, 염소 덩어리인 물이 양쪽 눈에 한 바가지씩은 들어왔다.

"엄마, 지금 혹시 어떻게 하면 다신 날 여기 안 데려올 수 있을까 궁리하고 있는 거 아냐? 미리 말해두지만, 난 여기가 너무너무 좋아. 벌써 친구도 하나 사귀었지! 저기 가면 엄청나게 큰 미끄럼틀도 있어! 에이, 엄마, 생각은 좀 그만하고 같이 놀자니까!"

잠시 침묵. 나는 아무 생각 없이 눈을 비볐다. 아니, 사실은 안약 생각을 하면서. 아이는 나를 위아래로 훑어보았다.

"엄마, 무슨 이런 수영복을 입었어! 너무 많이 파였잖아. 초록색도 참 보기가 괴롭네! 이거 어디서 났어? 번쩍거리기까지 하잖아! 물속에서는 잘 안 보이니까 다행이지, 혹시 담배 피우러 바깥에 나갈 일 있으면, 수건 두르고 가."

"참 자상하기도 하지!"

나는 투덜거리면서 아이와 새로 사귄 친구를 따라 죽기 전에 한 번은 꼭 타봐야 한다는 그놈의 미끄럼틀 쪽으로 갔다.

괜찮았다. 경사가 너무 급하지도 완만하지도 않고, 아주 재미있고, 나무랄 데가 하나도 없었다. 이십 분씩이나 줄을 서서 기다려야 하고, 안전요원이 나와서 질서를 잡는답시고 시끄럽게 떠드는 것만 빼면.

"여러 명이 한꺼번에 타면 안 됩니다, 열두 살 이하 어린이는 혼자 타면 안 돼요, 거기 꼬마, 몇 살이지?"

여기가 무슨 경찰서인가.

"네 친구는 이름이 뭐니?"

미끄럼틀을 타고 내려와 다시 타러 돌아서는 으제니오에게 내가 물었다. 아이는 난처한 기색을 표했다.

"몰라."

"그래?"

"이름 모르면 뭐가 어떻게 되나?"

"아니."

나는 저희들끼리 놀게 내버려두고 다시 해변으로 갔다. 쭉 늘어서 있는 비치 의자들 중 약간 떨어져 있는 것을 골라 앉아서 담배를 한 대 꺼내 물었다. 난 물에서 나오는 길로 빼무는 담배를 언제나 제일 좋아했다. 그리고 내가 즐겨 읽는 책을 꺼냈다. 한나 아렌트의 『어두운 시대의 사람들』을 펴자마자 베르톨트 브레히트의 시가 눈에 들어왔다. 「모든 남자의 비밀에 관한 담시」의 첫 문장은 이랬다.

남자란 무엇인지 누구나 안다. 그는 이름이 있다.

그는 길을 걷는다. 그는 바에 앉는다.

이 문장을 읽으며 난 깊은 몽상에 빠져들었다. 일요일, 그것도 크리스마스이브에 혼자인 나. 뭘 어째야 좋을지 모르는 채로 멍청하게 초록색 수영복을 입은 나. 추워서 시퍼레진 몰골로 거대한 수영장의 시멘트 해변 위를 왔다 갔다 하는 유령 같은 내 모습에 관해 이야기하는 것 같았다. 나는 계속 흥얼거렸다.

여자란 무엇인지 아무도 모른다. 그녀는 이름이 없다.

그녀는 길을 걷는다. 그러나 그녀는 바에 앉지 않는다.

하나 마나 한 허튼소리 아냐! 실제로는 여자들도 바에 간다. 그렇다고 아무 데나 가는 건 아니고, 또 나름대로 위험도 감수한다. 그러나 바에 가든 말든, 그게 뭐 어쨌단 말이야? 난 스스로에게 훈계를 퍼부었다. 그것도 아주 혹독하게! 네 불행을 남들에게 짐 지우지 마! 하긴, 불행을 설명하는 것만으로도 힘이 들걸! 여자 혼자서 아이 하나를 데리고 수영장에서 오후를 보내다니! 어쩜 좋아, 너무 안됐다! 난 비웃듯이 히죽 웃었다. 그러나 혼자서 히죽대는 건 별로 기분 좋은 일이 아니었다.

나도 행복해질 가능성이 있긴 한가…… 내 영혼을 향해 질문을 던지면서 나는 담배를 한 모금 빨아들였다. 그러나 내가 기대한 평화로운 느낌 대신, 고약한 맛이 입안을 가득 메웠다. 나는 요란하게 바닥에 침을 뱉었다. 주변 사람들이 힐난하듯 적대적인 눈초리를 보냈다. 공기 중에 떠다니는 무언가가 담배 맛을 불쾌하게 만들고 있었다. 나는 음료 판매대로 뛰어갔다. 그러나 생수로도 소다수로도 그 맛은 가시지 않았다. 아라비아의 향수들을 모조리 가져온대도, 아쿠아블루바르의 그 고약한 물맛은 지울 수 없을 게 분명했다.

다시 내 자리로 돌아왔다. 옆 사람들이 수다를 늘어놓고 있었다.

"글쎄, 에르장 씨 댁에선 흑인 여자아이를 입양했대요."

검은 아이라인을 두껍게 그리고 눈두덩에는 진한 아이섀도를 칠하는 1950년대식 화장을 하고 머리에는 좀 우스

쾅스러워 보이는 하얀 머리띠를 두른 우아한 여자가 비치 의자에 엉덩이만 살짝 걸치고 앉아서 말했다.

"왜, 작년에 삼촌이 갑자기 죽었다던 댁 말이에요. 쉰두 살인가밖에 안 됐다는데, 저녁에 집에 도착하면서 자동차 핸들을 잡은 채로 그냥 죽었다잖아요. 겨우 쉰둘에 그랬다니 원! 그런 일들이 종종 있나봐요."

"아프리카 같은 데선 그보다 더한 일도 많을걸요!"

좀 더 나이가 든 두 번째 여자가 다리를 긁으면서 장단을 맞춰줬다.

"에르장이야 어딜 가나 흔하지만, 아무튼 그 댁 덕에 에르장이란 성씨가 계속 늘어나게 생겼다니까요!"

첫 번째 여자가 다시 나섰다.

그녀들의 또랑또랑한 목소리는 웃음소리와 고함 소리 그리고 물소리와 어우러지며 쩌렁쩌렁 울려서 사람의 정신을 빼놓는 이 콘크리트 해변에 딱 들어맞았다. 나는 '에르장이야 어딜 가나 흔하지만'이라는 말이 무슨 뜻인지 생각해 보았다. 그 말은 어쩐지 시적으로 들렸다.

나는 읽고 있던 〈정치적 삶〉에 다시 빠져들었다.

엄마의 크리스마스

다섯 길 물 속에 그대의 아버님이 누워 계셨다

당신의 뼈들은 산호가 되고

당신의 눈은 진주가 되었다네

당신의 육신은 사라지지 않고

귀중하고 신비한 것으로

완전히 변했다네.

"으제니오가 어디 갔지?"

수수께끼 같은 시구에 담겨 있는 한나 아렌트의 너무도 명료한 메시지에 정신이 번쩍 든 나는 가슴이 답답해져서 혼잣말처럼 중얼거렸다. 하지만 난 알았다. 아이를 내버려둬야 한다는 걸. 매일같이 듣는 소리가 아닌가. 마치 협박처럼. 그렇다. 아이를 평화롭게 놔둬야 한다. 전쟁터에 내보내는 한이 있더라도. 아무런 걱정도 말고, 바람이 어디서 불어오는지 귀 기울이는 것으로 만족해야 하는 것이다.

옆의 여자들은 자기들의 지식을 과시하는 데 그치지 않고, 맛있는 빵이라도 고르는 말투로 확실한 불행의 증거들을 수집하고 있었다. 죽은 자들, 상처 입은 자들, 온갖 종류의 불구자들……

"우린 이제 시골엔 절대로 안 가는 거 아세요?"

흰 머리띠를 한 여자가 말했다.

"필립이 언제나 겁을 내서 말이에요! 관리인 여자가 자살을 한 뒤로는 슈느비에르로 가끔 쉬러 가던 것도 관둬버렸어요. 하긴, 잘됐는지도 몰라요. 그 덕에 일요일 저녁의 그 끔찍한 교통체증을 겪지 않아도 되니까요. 대신 난 여기로 와요. 자외선 선탠도 할 수 있고, 수중 안마는 또 얼마나 좋은데요. 그리고 열한 시에 있는 체조 교실 강사도 마음에 들고요."

이렇게 활기차게 시간을 활용하면서 삶을 무난하게 꾸려가는 사람들의 재주가 존경스러웠다. 나는 관리인 여자가 왜 자살을 했는지 묻고 싶어졌다. 시골집도 상상해보았다. 사과 향기를 풍기는 장미 덩굴, 강을 향해 펼쳐진 경사진 들판, 깐깐한 정원사 때문에 아주 작은 데이지 한 포기 남아 있지 않은 잔디밭, 자로 잰 듯 똑바른 울타리.

"그 여자는 오래전부터 일이 잘 안 풀렸어요. 생각해보세요, 그 외딴 마을에서 가족도 없고 가진 것도 하나 없는 외지 여자가 홀로 지내자니 어땠겠어요. 게다가 흉한 소문까지 돌고 있었거든요. 빵집 남자와의 사이에 애를 낳았다는 거였죠. 희한하죠. 남자 부인이 그 여자보다 훨씬 더 예뻤는데 말이에요. 우리는 그 여자가 하도 불쌍해서 거둬줬던 거예요. 필립은 그 여자가 파스타와 참치를 훔쳐간다고 의심했지만, 난 들은 척도 안 했어요. 눈곱만큼도 믿지 않았죠."

머리띠를 두른 여자는 이야기를 계속했고, 상대방 여자는 입을 헤 벌린 채 듣고 있었다. 나도 열심히 들었다.

"집에 남자라곤 없고, 약아빠진 아들놈들만 셋 있었으니, 그 여자 고생도 끝이 없었죠. 그러더니 머리털이 빠지기 시작한 거예요. 마흔도 안 된 여자한텐 치명적이었겠죠. 그래서 하는 수 없이 집에서 할 수 있는 일을 찾았대요. 신용금고에서 쓸 봉투에다 풀칠을 하는 것이었죠. 그런데 거기서마저 해고당했지 뭐예요. 결국 그 여자는 다락방에 올라가서 목을 맸어요. 예고도 없이, 한마디 설명도 없이. 우울증이라나 뭐라나."

아쿠아블루바르가 날 질식시켰다. 나는 으제니오와 아이가 새로 사귄 친구를 찾으러 풀장 주변으로 달려가봤다.

두 아이는 공들이 가득 들어 있는, 엘리베이터처럼 생긴 곳에서 뛰고 있었다. 아이의 얼굴은 하얗게 질린 채였다.

"얘, 이제 그만 가자!"

나는 유리 벽에다 대고 소리 질렀다.

으제니오는 밖으로 나오더니 내 발치에서 쓰러지며 기절해버렸다.

나는 무릎을 꿇고 앉아 아이의 뺨을 때렸다. 순식간에 온몸이 땀으로 젖었다. 공포에 휩싸인 나는 아이에게 미친 듯이 입을 맞추며 이름을 불러댔다.

"아줌마, 걱정 마세요." 아이의 친구가 놀라지도 않은 채로 말했다. "소독약 때문에 그런 거니까요. 저도 가슴이 아픈걸요. 이런 적이 많아요. 약의 농도가 잘못돼서 그렇대요. 으제니오는 몸집도 작으니까, 몸에 무리가 온 거겠죠."

"어서 가서 간호사를 불러와!"

내가 신음하듯 중얼거렸다. 그러나 이름도 모르는 그 아이의 말이 맞았다. 으제니오는 곧 깨어났다. 아이는 내 목에 팔을 둘렀다. 소독약 냄새가 끔찍하게 풍겼다. 아이가 물었다.

"이제 갈 거야?"

"움직이지 마, 간호사가 올 거야." 내가 쏴붙였다.

"싫어, 간호사가 오면 주사 놓을 거 아냐!"

아이 말도 맞다는 생각이 들었다. 멀리서 아이의 친구가 아무도 안 데리고 돌아오고 있었다.

"크리스마스라서 아무도 없대요. 그렇지만 걱정은 마세요, 아줌마. 아마 조금 토하고 나면 괜찮을 거예요. 제 동생도 그랬거든요. 그냥 우유를 좀 마시면 돼요. 전에 텔레비전에서 봤는데, 독약을 먹었을 땐 그게 치료법이래요. 그러면 금방 괜찮아지죠."

난 눈에 눈물이 맺혔다. 우리는 인사를 하고 헤어졌다.

"그 애 참 착하더라."

내가 으제니오에게 말했다. 아들에게 친구 하나를 만들어주고 싶었다는 듯이.

"엄만 누가 말만 걸어와도 금방 넘어가지! 걔는 그냥 보통 애야. 자긴 고아래. 그래서 엄마한테도 친절한 거라고."

끝의 두 문장이 내게 충격을 주었다. 그 말은 결코 잊을 수 없었다. 그 말에는 엄청나게 많은 사연이 담겨 있었다. 달콤하기도 했고, 걱정스럽게 들리기도 했다.

"자, 이제 뭘 먹어야 하지?"

으제니오가 또 시작했다. 난 아이에게 봉마르셰 백화점의 식품 코너 이야기를 되풀이했다. 난 그곳을 알리바바의 동굴로, 음식의 루나파크(디즈니랜드에 앞서 20세기 초 뉴욕 코니아일랜드에 세워졌던 놀이공원)로 묘사하고 있었다.

"두고 봐, 재미있을 거야!"

"굉장하겠지."

아이가 무뚝뚝하게 대꾸했다. 아이의 딱딱한 말투를 듣자, 예전 우리 엄마가 했던 말이 떠올랐다. 좋은 순간들은 언제나 나쁘게 끝나버리기 마련이라는 것. 이상한 건, 그렇다고 해서 달라지는 건 아무것도 없다는 사실이었다. 그리고 경험은 아무 소용도 없다. 쓸모도 없는 이 '경험'이라는 단어가 도대체 어디서 나온 건지가 궁금해질 정도로.

나는 캄캄한 밤거리를 걸으며 줄담배를 피워댔다. 담뱃불이 작은 등대가 되어주었다. 젖은 수건의 냉기가 가방을 뚫고 나와 걸음을 옮겨놓을 때마다 다리를 아프게 때렸다.

"너만 괜찮으면, 넌 집에 놔두고 나 혼자서 우리들 파티에 먹을 음식을 사러 갔으면 좋겠는데." 내가 제안했다.

"난 밤중에 혼자 있는 건 싫은데."

우리는 불 밝힌 백화점 앞에 다다랐다. 뿌루퉁한 분위기가 방사능 구름처럼 우리를 둘러쌌다.

"그래, 어땠어? 크리스마스이브는?"

클로틸드 우스펜스키가 물었다. 아침 아홉 시 반. 사무실의 아가씨들은 모두 다 지진 때문에 굴에서 도망쳐 나온 다람쥐 같은 얼굴을 하고 있었다. 직원들은 전부 삼십 대에서 오십 대 사이의 아줌마들이지만 난 '아가씨들'이라고 불렀다. 어쩌다 이렇게 스스로를 우습게 부르게 됐는지 모르지만, 아무튼 여자들끼리만 일하는 사무실에선 늘 기숙학교 같은 분위기가 감돌게 마련이다.

전화교환원인 웬디 코우프는 전화기 앞에 혼자 앉아 책

상에 화장품을 늘어놓은 채로 언제나처럼 집요하게 화장을 하고 있었다. 파운데이션, 뺨이 갸름해 보이게 하는 황토색 가루분, 광대뼈 위엔 장밋빛 볼터치, 파우더, 마스카라, 아이새도, 그리고 아이라이너의 순으로. 창백한 입술 위엔 아무것도 바르지 않았다. 예전에 자동차로 출근할 땐 빨간 신호등이 켜져 있는 동안 화장을 할 수 있었지만, 이혼하면서 남편이 자동차를 가져가버렸다고 했다. 그래도 화장을 안 할 수는 없어서 이렇게 도착하자마자 시작한다는 설명이었다. 집에선 도저히 화장할 새가 없단다. 웬디에게는 어린 딸이 둘 있고, 우리는 그 애들 이야기를 자주 나누곤 한다.

아침 사무실의 이 무미하고 단조로운 분위기가 나는 좋다. 가벼운 솜털 같은 침묵, 그걸 야금야금 갉아먹는 여자들의 수다. 칸막이가 어찌나 얇은지 다른 책상에서 나는 소리까지 다 들린다. 봉투 찢는 소리, 쓰레기통에 종이 뭉치 던지는 소리, 컴퓨터 돌아가는 소리. 매일같이 해야 하는 몇 가지 일들이 있다. 새로 들어온 책들을 검토하고, 등록 서류를 작성하고, 색인 카드를 만드는 것. 열한 시부터는 자료 수집을 위해 도움을 청하는 사람들과 시간 약속을 하느라 전화벨이 울려대고, 오후에는 일 층의 자유열람실에 사람들이 들어와 여섯 시 반까지 머무른다. 대부분은 여자들이다.

밝은색 나무 테이블이 열 개 놓여 있는 열람실은 교실 같기도 하고 찻집 같기도 하다. 테이블 위에는 밑둥치가 도자기로 되어 있는 여러 가지 모양의 램프가 하나씩 놓여 있다. 부드러운 램프 불빛은 생각에 잠기기엔 그만이어서, 나는 저녁마다 나무 테이블 위로 비치는 열 개의 둥근 불빛을 물끄러미 바라보곤 한다. 또 엉망이 된 채 마구 흩어지고 쌓여 있는 책들을 보는 것도 좋아한다.

우리 도서관에 제일 많이 오는 부류는 교사 양성기관에서 가르치는 교수들이었다. 또 교육사회학자들, 승진하려는 장학관들, 논문 주제를 찾는 여학생들, 심리언어학자들도 왔다. 그 외에도 별의별 사람들이 다 왔다. 토목 기술자들, 전직을 위해 연수를 받고 있는 제련공, 발 관리사, 임신 중인 여자 은행원. 그 여자에겐 여기 오는 것이 태교의 한 방식이었다. 한마디로, 온갖 사람들이 다 왔다. 우리 '아동 및 교육학 도서관'은 세계적으로 유명한 곳이다. 또한 이곳은 모든 것으로부터 보호받는 공간, 일종의 피난처이며, 내가 도피해

엄마의 크리스마스

있는 수도원이기도 하다.

간혹 저명한 기자들이 오기도 했다. 미레이유 뒤마도 한 번 왔다. 뒤이어 그녀의 비서들이 기사를 준비하느라 교대로 들락거렸다. 기사의 주제는, 두 살도 되기 전에 글씨를 배우는 바람에 정신이 이상해져버린 아이들에 관한 것이었다. 사오 년 전이던가, 샤피롱 박사가 주창했던 그 새로운 교육방식은 천재 아르튀르와 그 부모의 저서들이 엄청난 성공을 거둔 데서 영감을 받은 것이라고 했다.

인간의 정신, 특히 아이들의 정신은 어마어마하게 큰 시장이고, 우리 도서관은 그 시장에 자리 잡은 조그만 구멍가게인 셈이다.

"난 그냥 생긴 대로 살 거야!"

니콜이 웬디의 콤팩트를 보더니 우울하게 내뱉었다. 니콜은 말하자면 우리들 중의 우두머리인 셈이었다. 아메리칸 인디언 사회에서의 남성성 신화에 전문가인 니콜은 어디 가서 어떤 일을 하건, 어느 정도는 우두머리 노릇을 할 사람이었다. 그녀는 정말로 화장을 전혀 하지 않았다.

"남들 다 노는 12월 25일에까지 화장을 하고 있다니,

처량하지도 않아?"

"죽는소리하지 마." 클로틸드가 받아쳤다. "25일하고 다른 휴일 이틀을 맞바꾸게 해준 건 우릴 위해서라는 거 몰라? 지금 색인 만드는 일도 얼마나 많이 밀려 있는데! 난 21일하고 22일을 택했잖아. 23일은 또 토요일이었고. 그렇게 해서 장장 나흘 동안이나 애들하고 파티 준비를 할 수 있었다는 거 아냐. 그 정도면 만족해야지, 꿩 먹고 알 먹고 할 수 있겠어? 그리고 오늘은 애들이 자기 아빠와 있는 날이거든. 그런 일은 정말 드문데!"

마치 뒤로 세 바퀴 재주라도 넘은 듯 자랑스러운 말투였다.

"맞는 말이야!"

니콜이 반쯤 농담 삼아 대꾸했다. 그러나 목소리가 좀 긴장된 것으로 보아, 화가 나 있는 게 분명했다.

"우리한테서 크리스마스를 뺏어간 이유가 뭔지 아니? 애새끼들한테 '엄마는 전업주부가 아니다, 그러니까 엄마를 존중하고 도와줘야 한다'는 걸 주입시키기 위해서야. 부부 간의 평등을 위해 투쟁하도록 도와주려는 거라고. 어쨌거나

엄마의 크리스마스

난 내일 휴가를 떠나서 다음 주 월요일에나 돌아올 거야. 클로틸드랑 누크, 둘이서 사무실 좀 잘 지켜. 난 노는 날은 악착같이 찾아 먹을 작정이니까."

'애새끼'라는 말은 듣기 싫지만, 니콜이 존경스러운 건 사실이다. 우리 도서관에서 일하는 여자들은 모두 다 페미니스트다. 요즘엔 이 말이 너무 부담스럽게 들리고, 경우에 따라선 불행까지 연상시키기 때문에 절대로 입 밖에는 내지 않지만 말이다. 우리 중에도 강한 정신의 소유자가 있는가 하면, 연약한 심성을 가진 이도 있다. 후자는 전자를 짜증나게 만든다. 그들의 소극성과 우둔함 그리고 실패에 대한 노이로제 때문이다. 오래전엔 '소외'라 불렸고, 얼마 전까진 '억압'이라 불렸으며, 어느 시대에나 '빈곤'이라 불렸던 것을 요즘엔 이런 식으로들 부른다.

우리가 그 많은 책들을 읽는 것이 전혀 소용없는 짓은 아닌 것 같다. 별것 아닌 말도 멋들어진 용어로 바꿔 쓰고, 새로운 단어들을 입에 올리고, 그 말들의 영향을 받으며 살고 있으니 말이다. 또 적어도 살아가다 실패를 겪게 될 때, 누구한테 책임을 떠넘겨야 할지도 알게 된다. 어쨌거나 말의 위력이 아무리 크다 해도, 아니 어쩌면 그 거창한 말들에 질려서인지도 모르겠는데, 난 만사를 니콜처럼 명확하고 똑 부러지게 보지 못한 지가 오래되었다. 가끔 나는 꿈에서 둘로 나누어진 세계와 맞닥뜨리곤 했다. 비열한 자들은 커다란 무리를 이루고 저항자들은 아주 작은 무리를 이루지만, 승리를 거두는 건 작은 무리였다.

"그래그래, 잘났어!" 클로틸드가 이야기를 돌렸다. "그건 그렇고, 도대체 누크는 크리스마스이브를 어떻게 보낸 거야? 한 번도 이야길 들어본 적이 없잖아."

누더기처럼 엉망진창인 내 인생에 참견하는 게 그렇게도 재미있나!

"으제니오랑 보냈어." 난 간단히 대답했다.

"으제니오하고만? 너 완전히 돌았구나!" 니콜이 의자를 당기며 끼어들었다. "언제까지 그렇게 네 새끼만 끼고 앉아서 못난이로 만들 거니! 아무도 없어? 다른 식구도? 옛날 친구도? 이 바보야, 크리스마스는 모여서 즐기는 거야. 햇빛을 충분히 쬐지 못하고 지내기가 너무 힘드니까, 낮이 제일 짧은 이 계절이 얼른 끝나기를 기다리면서 한바탕 노는 유서 깊은 통과의례란 말이야. 삶은 다시 시작된다는 걸, 눈에 보이진 않지만 땅속에선 이미 싹이 돋고 있고, 곧 수확할 날이 오리라는 걸 알리는 거지."

"왜 그래, 우리 모자는 참신하게 둘만의 오붓한 축제를 즐겼는데."

내가 씩씩하게 말했다.

저녁 일곱 시쯤 으제니오와 함께 들렀던 봉마르셰 백화점 이야기를 들려줄 수도 있었다. 거기엔 그 대단한 축제를 망쳐버린 작자들이 꽤 많이 와 있었다. 여름이면 고속도로에 버려지는 개들처럼, 버려졌다고밖에 할 수 없는 노인들이 줄을 지어 있었다. 노인들은 양로원에서처럼 예닐곱 명씩 앉아 멍하니 허공만 바라보거나, 자기 무릎이나 지팡이를 내려다보고 있었다. 손을 지팡이에 얹은 채로 말없이 앉아 있는, 빨랫감처럼 창백하고 왜소한 노인들은 입에 이가 다 빠져서 하나도 없었다.

으제니오는 손수레를 끌고 오더니 어린이 자리에 올라앉았다. 말려야 하나 말아야 하나. 우리 모습이 우습긴 하겠지만, 그냥 상관 않기로 했다.

"엄마, 밀어봐!"

아이는 어느새 삐쳤던 것도 다 잊어버리고 명령했다. 우리는 포장 박스들이 가지런히 들어찬 통로에서 장난치며 재미있어했다. 양념 코너에선 직선 활주를 하고, 열대과일과 야채 코너에선 우아하게 팔자를 그리고, 아시아 식품과 영국 비스킷 사이에서 대회전을 하기도 했다. 마을에서처럼 슈퍼마켓에도 특유의 지리학이 있어서, 익숙한 이들에겐 호감을 주지만 낯선 사람들에겐 적대적이게 마련이다. 슈퍼마켓의 풍경엔 논리가 있다. 재미난 규칙들도 수없이 많다. 이른바 마케팅에는 유혹의 법칙이라 불리는 선의의 함정들이 가득 차 있는 것이다. 으제니오는 도대체 어떻게 아는지는 모르지만, 집에 갖춰두어야 할 신상품 목록을 언제나 꿰고 있었다. 흰 아몬드가 든 브라우니, 체리를 곁들인 햄, 신선한 리치, 생크림 초콜릿 무스, 코코넛밀크를 넣은 바나나 설탕조림 쪽으로 아이는 연신 손수레를 끌고 다녔다.

"어, 이거 한 끼 식사가 다 차려져 있네. 두 세트만 사면 딱 되겠다."

아이의 말에 난 소름이 끼쳤다. 부잣집 애들은 나중에

부모가 가난해지기라도 하면 어떻게 될까? 어떤 꿈을 가지고, 어떤 패거리들과 어울리게 될까?

우리 모자의 이 처량한 장면을 동료들에게 이야기해줄 순 없었다. 마찬가지로, 우리가 집에 돌아와서 열었던 대형 퍼즐 전시회 이야기도 해줄 수 없었다. 우린 집 안에 있는 퍼즐들을 모조리 꺼내놨다. 개중엔 오십 조각 이상 되는 것들도 있었다. 오면가면 되는 대로 맞춰놓았던 것들이다. 우린 작품들을 크기와 난이도 순서에 따라 나란히 걸어놓았다. 그러고는 우리만 아는 사연이 담긴 제목도 붙이고, 가격표도 붙이고, 태어난 날과 죽은 날도 줄을 그어 연결하고, 두 시간이나 걸려 전시회 카탈로그까지 만들었다. 그 바람에 우리는 〈래시〉 비디오를 볼 시간도 없었다. 내가 그 테이프를 산 건 코가 길고 털은 반지르르 윤이 나는 개가 성큼성큼 뛰어가는 모습이 떠오르며 향수가 일었기 때문이다. 스토리 자체는 완전히 잊어버렸지만.

모든 게 다 끝났을 땐 자정이었다. 나는 만족했고 즐거웠다. 내 아들도 마찬가지였다. 우리는 전시물들 앞에 주저앉아 햄과 설탕조림을 먹었다. 그때 아이가 물었다.

"언제 와, 손님들은?"

"글쎄, 이 한밤중에 올지 모르겠다."

가슴이 철렁 내려앉았다. 미처 그 생각을 못 했던 것이다. 손님들 말이다. 갑자기 우리의 꿈이 와장창 무너져 내린 것 같았다. 이게 얼마나 웃기는 소리인지는 나도 알고 있다. 하지만 말도 안 되는 일이 어디 한두 가지인가. 아무튼 난 다시 한번 생각하지 않을 수 없었다. 우리의 경솔함에 대해, 다시 말해 자신이 세운 계획에 왜 이토록 확신이 없는가에 대해. '우리'라고 한 건 괜한 소리고, 실은 오로지 나 자신이 문제였다.

"손님들이 오기에는 너무 늦었잖아." 난 바짝 마른 입술로 대꾸했다. "이젠 잘 시간도 됐고. 내일 아침에 눈을 떠보면, 크리스마스트리 밑에 선물들이 있을 거야."

"이번 크리스마스는 완전히 망쳤다. 차라리 캠핑이나 갈걸."

아이는 내게 뽀뽀도 해주지 않고 발을 질질 끌며 방을 나가버렸다. 오늘 아침, 내 눈이 통통 부어 있는 것도 그 때문이다. 그런 이야기들을 사무실에서 늘어놓고 싶진 않다.

엄마의 크리스마스

"난 우리 집 남자들이 특별한 파티를 열어줬다!"

니콜이 입을 열자마자, 우리 모두는 더 이상 듣지 않으려고 귀를 막아버렸다. 실크 잠옷, 샴페인, 부드러운 피부와 진한 속눈썹을 가진 듬직한 네 아들들의 사랑, 그녀를 경배하고 누구보다 그녀를 보호해주는 남편의 극진한 복종, 애인의 열정. 그런 이야기들은 우리도 완전히 외울 정도였다. 듣고 싶지도 않은 이야기건만. 니콜이 그런 식으로 사는 건 무엇보다 우리에게 자랑을 하기 위해서가 아닌가 하는 의심이 들 때가 있다. 그 정도로 부러움을 살 만한 삶을 꾸려간다는 건 실은 피곤한 일일 테니 말이다.

"선물을 주고받고 하는 게 어째 점점 바보짓처럼 느껴지더라." 클로틸드가 꿈꾸는 듯한 얼굴로 말했다. "크리스마스는 아무래도 잘못 주고받은 선물들의 창고인 것 같아. 우리 집엔 특별히 쓸모없는 선물들만 정리해놓은 벽장이 다 있다니까. 간지러워서 못 입는 스웨터, 듣고 싶지도 않은 음반, 괴상한 양말, 징그럽게 생긴 문진, 녹지도 않는 가짜 눈 뭉치들, 석판화, 가짜 보석, 샐러드 그릇, 만년필 세트, 인조가죽 가방, 다이어리."

"제발 그만!"

난 오늘 아침 크리스마스트리 밑에서 발견한 다이어리가 떠올라 눈물을 글썽이며 부탁했다. 으제니오가 작년 다이어리에 다시 그림을 그려 넣고 페이지마다 표시를 해놓고는 짤막한 한마디를 덧붙여놓았던 것이다. '이거 쓸 거지, 응?'

"네 말이 맞아. 넌 언제나 옳은 소리만 하더라." 난 클로틸드를 향해 중얼거렸다. "그렇지만 선물이란 건 아무리 벽장 속에 처박아놔도 언제까지나 우릴 괴롭힐걸. 우리가 목석이 아닌 이상 말이야. 받은 선물들, 못 받은 선물들, 수많은 거짓 선물들, 잘못 준 선물들…… 너무 비싼 선물은 협박이나 다름없지. 괜히 그렇게 받아들이는 것일 수도 있지만. 그뿐이니? 선물을 깜빡 잊고 그걸 준 사람 집에다 그냥 놔두고 오는 경우도 있잖아. 아무튼 선물이란 건 우릴 악착같이 망가뜨리려고 드는 괴물들이라니까. 뭐니 뭐니 해도 제일 괴로운 건, 어떻게든 잊어버리고 싶은 선물이지. 사랑으로 베풀었지만 전혀 기쁨을 주지 못한 선물."

"넌 어쩜 마음만 먹었다 하면 그렇게 고약한 소리만 골

엄마의 크리스마스

라 하니! 어디 설교하러 갈 데 없나 좀 찾아봐라. 그래야 그 속이 후련해지지!"

니콜은 이렇게 쏘붙이고는 자기 책상으로 돌아가서 세미나 준비를 시작했다. 그녀가 특별히 애착을 갖고 있는 호피족 인디언의 여덟 살 이상 남자아이들의 통과의례에 관한 세미나라고 했다.

클로틸드는 또 편지를 쓰기 시작했다. 우리는 그런 그녀에게 장관이라도 된 것 같다고 놀리곤 했다. 사실 클로틸드는 쓰기는 엄청나게 많이 쓰지만, 편지를 받는 적은 한번도 없었다. 그러니 장관과는 정반대인 셈인가. 매일 웬디가 우편물들을 찬찬히 선별하고 있을라치면, 그녀는 얼른 달려가서 산더미 같은 편지 더미 속을 뒤졌다. 우린 그 모습을 보며 웃곤 했다. 꼭 땅속에 묻어놓은 뼈를 찾는 강아지같이 보였기 때문이다. 클로틸드가 쓰는 편지들은 바로 자신이 받고 싶은 것들이었다. 사실 누구나 그렇지 않을까? 그리고 또 그건 얼마나 허망한 일인가?

내 업무는 읽는 일이었다. 도서관에 오는 모든 자료들을 검토하고 검토서를 작성했다. 그건 〈교육학 도서관보〉에 실렸다. 약자로는 BBP(베베뻬)인데, '베베'라는 애칭으로도 불렀다. 또 요즘 들어 갑자기 늘어나고 있는 여러 모임들에 관한 보고서도 써야 했다. 지역별 교육학 도서 품평회, 부모와 조부모의 모임, 가족끼리 보내는 방학 모임, 일하는 여학생들의 모임, 새로운 대안학교 모임. 이런 모임들이 일주일에 열두 개씩은 생기는 듯했다. 그러니까 나는 정기적으로 포르트드베르사유 지역의 헛간들과 지방 도시들의 조립식 건물들을 방문하는 셈이었다. 거기서 세미나 주최자들을 뿌듯하게 하고 교육의 미래에 희망을 품게 해주는 열성적인 군중 사이에 끼어, 온갖 잡다한 주제들에 관한 수많은 간행물들을 모아온다. 판에 박힌 형식에 천편일률적인 저급한 언어로 쓰인 그것들을 그럴듯하게 요약 정리하는 일이 늘 쉬운 건 아니었다. 또한 거기에서 얻은 정보들의 명세표도 만들어야 했다. 왜냐하면 교육학 도서관은 무엇보다 학문적인 사명을 갖고 있었기 때문이다.

나는 책상에 앉아 작은 휴대용 라디오를 켰다. 주파수는 언제나 〈프랑스 뮤직〉 방송에 맞춰져 있었다. 뜨거운 커피가 담긴 잔은 흰 봉투 위에 올려놓았다. 그게 바로 그 봉

엄마의 크리스마스

투의 용도였다. 갈색의 동그란 커피잔 자국이 도저히 봐줄 수 없을 정도로 여러 번 겹쳐지면, 그땐 봉투를 내버렸다.

담배 한 대를 빼물고, 흐뭇한 눈길로 내 책상을 훑어봤다. 색색의 독서카드 더미들, 비좁은 탓에 삐딱하게 놓인 매킨토시 컴퓨터, 브르타뉴산 도자기로 된 연필꽂이, 출간 순서가 아니라 크기 순서대로 쌓여 있는 책 더미, 꽃 한 송이가 꽂힌 꽃병, 그리고 납으로 만든 고슴도치.

부적과도 같은 잡동사니들이 함부로 놓인 듯싶으면서도 세심하게 배치되어 있는 각자의 책상은 꼭 세밀하게 그려진 중국 그림 같기도 했고, 세상에 보내는 메시지 같기도 했다. 죄수의 감방이나 트럭 운전사의 운전석도 이와 비슷하지 않을까?

11시 15분이었다. 전화로 으제니오를 깨워줄까 말까 망설이다가 그만두기로 했다. 마리프랑스 바흐의 책을 펼쳤다. 제목은 『축제와 잘못』이었다. 이 재미난 제목(프랑스어 원제목에선 축제(페트)와 잘못(포트)이 서로 운이 맞는다) 때문에 공상에 빠져든 나는 엉뚱한 희망까지 품게 되었다. 이 책 속에서, 도무지 알 수 없는 질문에 대한 대답을, 보편적인 해답이라 할 만한 뭔가를, 설명과 격려를, 한마디로 '정답'을 찾아보겠다는 희망 말이다. 그런 희망을 품는 게 나뿐만은 아니겠지만. 그러나 이 책은 실제로는 좀 알쏭달쏭한 데가 있는 상업적인 저작에 지나지 않았다. 따라서 크리스마스로 인해 상처를 입고 적대감을 갖게 된 사람들이 이 책을 미처 못 읽었다 해도 그다지 아쉬울 건 없는 셈이었다. 디오니소스적이고 바쿠스적인 축제들 그리고 그에 상응하는 현대사회에서의 축제들도 다루고 있는 이 책은 내용이 현학적인 데다, 제목에서 느껴지는 유머 감각도 찾아보기 힘들었다.

"이 책의 주제를 뭐라고 뽑지?"

전화 받는 일뿐 아니라 도서 색인 카드도 담당하고 있는 웬디가 물었다. 나는 경쾌하게 대답했다.

"비누, 쐐기풀, 젖먹이기, 거미, 그리고 포르말린."

난 책을 다 읽지 않고서도 주제를 찾아내는 걸 좋아했다. 마치 숙련된 장인처럼. 가끔 시간이 있을 때면, 웬디는 내가 뽑아놓은 단어들을 설명해달라고 했는데, 난 그게 그렇게 신날 수 없었다. 웬디와 나, 우리 둘은 주제 생각해내기를 굉장히 좋아했다. 희한한 건, 도서관에 드나드는 사람들 중에 그것에 이의를 제기하는 이가 전혀 없다는 점이다. 여기엔 두 가지 설명만이 가능하다. 색인 카드를 진지하게 들여다보는 사람이 아무도 없거나, 아님 우릴 전적으로 믿는 것이거나. 어쩌면 몇십 년 안에, 우리가 사전을 완전히 뒤바꿔놓게 될지도 모를 일이다.

웬디는 전화교환원이면서 시인이기도 하다. 그녀는 뛰어난 시들을 여러 편 썼다. 가볍고, 재미있고, 기상천외한 시들을. 여기서 소개하고도 싶지만 그러려면 작품들 전체를 다 인쇄해야 할 테니 곤란하다. 웬디의 시들은 새끼 토끼들의 무리처럼, 함께 있을 때만 비로소 가치를 발휘하기 때문이다. 현대적이고 도발적인 시들의 내용은 이를테면 점심시간의 즐거움, 여자들의 잠보다 한결 실속 있는 남자들의 잠, 비가 오면 그나마 좋은 점들, 남녀 간의 전쟁, 순조롭게 주차할 수 있도록 행운을 비는 짤막한 기도문 같은 것들이었다.

정오와 한 시 사이에, 우리는 곧잘 삶은 달걀 한두 개를 먹으러 카페로 갔다. 어두운 카페엔 녹색 인조가죽으로 덮인 긴 의자들이 있고, 사람들도 다 친절했다. 나는 비앙독스를 마시고, 웬디는 중국차를 마셨다. 우리는 삶은 달걀을 토스트처럼 차에 담가 먹었다. 읽은 책들 이야기도 하고, 울어야 할 일에 웃기도 했다. 그러면서 우리는 아무도 언급하지 않는 실생활의 자잘한 법칙들을 많이 발견했다. 아침마다 우리를 그토록 슬프게 하는 건 대체 뭔가? 무엇 때문에 그렇게 피곤한가? 왜 때때로, 저녁때 뭘 해 먹어야 할지 아무 생각도 나지 않는 걸까? 그리고 왜 우리는 우리 자신이 죄수이거나(누구의 죄수?) 탈옥수 같다는(어디로부터의?) 심정밖에 못 느끼는 걸까?

나는 한나 아렌트 이야기를 자주 하는 편이었다. 그중에도 '갈고리 모양의 심장'이라는 표현은 고통을 잘 묘사해주는 것 같아 마음에 와닿았다. 웬디는 이 은유에서 밸런타인데이 냄새가 난다고 했다. 글쎄, 그건 극도의 냉소주의가 아닐까. 하지만 잠시나마 대화를 나누고 나면 마음이 훈훈해졌다. 게다가 웬디는 가끔 자기가 쓴 시들을 비단처럼 얇은 일본 종이에 싸서 내 책상 위에 놓아두곤 했다. 그녀는 내가 깜짝 선물을 얼마나 좋아하는지 알고 있었다.

가끔 클로틸드와 니콜도 카페 셀틱에 들러 우리와 함께

맥주나 커피를 마셨다. 클로틸드는 알랭 수숑(프랑스 작곡
가이자 가수)에게 쓴 편지를 읽어주었다. 벌써 쉰 번째 편지
였다. 알랭 수숑은 앞서 보낸 편지들에도 그랬듯이, 앞으로
도 답장을 쓰지 않을 게 뻔하다.

니콜은 전화할 데가 있다며 나갔다가 다시 돌아오는 경
우가 있었다. 그럴 때 그녀의 뺨은 발갛게 달아올라 있고 스
타킹엔 줄이 가 있었다. 그건 우릴 약올리려는 작전으로 보
였다. 올 풀린 스타킹으로 말하자면, 니콜 같은 여자가 어떻
게 그러고 다닐 수 있는지, 또 그게 왜 내게 질투심을 일으키
는지 알 수 없었다. 클로틸드와 니콜은 둘이 함께 혹은 제각
기 충고들을 쏟아놓으며 웬디와 나를 기죽였다. 마구 꾸짖
기도 했다.

"너희들 자신은 어떻게 생각하는지 몰라도, 너희들은
진짜 못난이 울보들이야. 사는 게 두렵다고 징징대지만 시인
도 못 되는 족속들!"

언젠가 내가 니콜을 굉장히 화나게 만들었을 때 그녀가
했던 말이다. 내가 그 말을 전하자 웬디는 어깨를 움찔하며
똑 부러지게 말했다.

"울보와 시인이라, 그건 동전의 양면 아니니! '요부'와 '운명의 여인'처럼. 두고 봐, 네가 또다시 유명해지면 개도 그런 소리 안 할걸! 자기가 그런 소릴 했다는 것도 아예 잊어버릴 거다."

박제된 고양이 같은 웬디에게서 가장 감동적인 면은 바로 이런 낙관주의였다.

난 『축제와 잘못』의 8장 132쪽에서 '기념일은 적에게만 소용이 있다'를 읽으며 졸고 있었다. 벌써 몇십 쪽 넘게 읽는 동안 단 한마디도 이해할 수 없었던 탓이다. 그때 니콜이 다가와서 내 앞에 앉더니 자상하게 지적을 해주었다.

"넌 지금 인생을 잘못 살고 있는 거야! 자, 이것 좀 읽어봐, 너한테 도움될 것 같아서 갖고 왔으니까!"

니콜은 호피족 인디언 어린이들과 그들이 성인이 되기 위해 시험받아야 하는 곡예술을 연구하는 것 외에도, 도서관에 들어오는 전문지들을 담당하고 있었다. 황야에 번식하는 엉겅퀴처럼 가판대에서 나날이 불어나는 신문들을 니콜은 이 조각, 저 조각 들고 와 큰 소리로 읽어주면서도 우리를 웃게 만들지는 못했다. 그녀는 신문들을 분류하는 일을 했다. 종류별로만이 아니라 주제와 기사별로도. 그래서 도서관에는 같은 신문도 여러 부가 배달되었다. 니콜은 신문기사들을 오려내어 누리끼리한 싸구려 스케치북에 붙여 보관했다. 그건 쉬운 일이 아니었다. 신문들이란 게 다 그렇고 그랬기 때문이다. 기사들도 마찬가지였다. 작은 글자들로 쓰인 잡다한 과학정보들을 회색이나 초록색의 테두리 속에 집어넣는 건 순전히 무게 있어 보이게 하기 위해서였다. 중간중간에 커다란 천연색 사진들로 장식도 하고, 그날그날 분위기에 따라 갖가지 충고도 곁들였다. 학교생활, 사춘기를 위한 안경, 발 교정 신발, 외국어 학습법, 좋은 침대 고르기, 부작용 없는 진정제, 베이비시터, 반항적인 아이에게 나타나는 편두통, 복종적인 아이에게 나타나는 복통, 일주일 동안 먹어도 좋은 달걀의 개수, 자전거 고르기, 치과 장비, 첫아이에게 괴로움을 주지 않고 둘째 아이를 갖기에 가장 좋은 시기, 인 성분을 함유하고 있는 식품, 네 명의 아이들을 괴롭히지 않고 다섯째 아이를 가지기에 가장 좋은 시기, 현대사회에서 아버지의 역할, 난폭한 남자아이들에게 좋은 고전발레, 항문을 통한 체온 측정 방식의 알려지지 않은 위험, 아이들을 위한 최고의 해수 요법, 핵가족 시대에 있어 삼촌의 새로운 역할, 청소년들과 정체성 위기의 극복, 수학 공부에 있어 도자기의 영향, 척추측만증 치료에 있어 비타민 A의 효능, 책가방, 바람직한 교리문답, 아이들을 위한 이발사, 시부모의 권위, 부부관계의 궁극적 모델로서의 형제관계, 4세 이전에 발병하는 디스크, 짧고 털이 많은 다리, 이런 것들이 매주 혹은 매달 보게 되는 수십만 가지 기사들 중 일부였다. 〈아동건강〉〈육아매거진〉〈아동과부모〉〈새로운가족〉〈베이비저널〉〈패밀리라이프〉〈유로패밀리〉〈예술속의아동〉〈가족체육〉〈오늘의부모〉〈행복한어린이〉 잡지들의 제목은 대개 이런 식이었다. 니콜은 이 일을 굉장히 진지하게 여겼다. 그래서 내가 사소한 트집이라도 잡으면 참지 못했다. 이런 잡지들이 의학지식의 대중화에 중요한 역할을 하고 있다는 것이 니콜의 지론이었다.

"왜? 가정과 행복과 이성의 전선에 뭐 새로운 거라도 있어?"

난 자못 순진한 표정을 짓고 이렇게 물어봤다. 평소 니콜이 눈가의 거무스름한 점이나, 콜레스테롤이나, 엄마로서의 고민 등을 해결하는 방법들을 늘어놓을 때 내가 비웃기라도 하면, 그녀는 대개 웃는 얼굴로 내게 잡지를 하나둘쯤 정기 구독하라고 권했다. 분명히 유용할 거라면서. 그러나 이번엔 진짜로 화가 났다는 게 눈에 보였다.

"남들을 다 바보로 여기는 건 너한테도 좋을 게 없어! 건강이나 교육에 관한 글들을 읽는 건 절대 누구한테도 해가 되지 않거든. 오히려 정반대지! 그리고 연구결과에 따르면, 신문에서 신제품 이야기를 아무리 떠들어대도 사람들이 그걸 당장 사지는 않는다는 거야. 마찬가지로 어떤 식품이 애들한테 좋다는 기사를 읽었다고 금방 그걸 사다 먹이지는 않는다는 거지."

"다른 사람들이 먼저 실험 대상이 되길 기다리고 있나 보지."

내 대꾸에 니콜은 내 책상 앞을 왔다 갔다 하며, 울긋불긋한 알파카 코트 자락으로 내 꽃병을 쓰러뜨렸다. 파인 옷 밖으로 가슴을 살짝 드러낸 채, 내 고슴도치를 집어 손바닥 위에서 튀기며 목소리를 높였다. 분해서 어쩔 줄 모르고 있었다. 마치 자기가 그런 잡지들의 편집장이라도 되는 듯이.

"사람들은 그냥 이야기 듣는 것 자체를 좋아한다는 소리야. 유람선 여행을 꿈꾸는 것과 마찬가지지. 그저 잡지를 넘기며 상상만 해보는 데는 돈이 안 들거든. 넌 사람들이 꿈꾸고 싶어 한다는 걸 그렇게도 이해 못 하겠니! 자기가 모른다고 해서 무조건 비웃는 건 호기심이 부족하다는 증거야!"

그녀는 지친 듯 한숨을 내쉬며 결론을 내렸다.

"저질 기자들이 써놓은 객설을 덮어놓고 믿는 것도 마찬가지야! 그 작자들은 어마어마한 제약회사들이나 전국에 깔려 있는 요양원들한테 매수되었다는 거 모르니!"

이번에는 나도 부드럽게 받아넘겼다.

그러나 어떨 땐 사무실에서 함께 지내기 위해 반드시 지켜야만 할 조심성이 사라져버리고, 노골적인 말들이 오가기도 했다. 난 니콜이 휘둘러대는 〈행복플러스〉라는 신문을 삐딱하게 올려다보며 말했다.

"제목부터가 완전 과장이로군. 시시한 SF 풍자소설 작가가 지어낸 거 아냐?"

그러고는 니콜을 내 편으로 끌어들이려는 시도를 해보

엄마의 크리스마스

기로 했다.

"새로 나온 여성지 〈여성의모습〉 봤어? 그 잡지 광고가……(난 곧잘 형용사를 생략한다, 억양만으로도 충분하니까). 꼭 한번 보고 싶던데!"

그 광고 사진엔 세 여인이 있었다. 셋 다 경쾌하고 황홀한 표정으로 활짝 웃으며 하늘을 올려다보고 있었다. 숲속처럼 보이는 청록색의 풍경 속에서. 그 이상은 생각이 안 난다. 그저 그 사진을 찍은 작가는 그토록 아름다운 곳을 거닐어볼 행운을 갖고 있었구나, 하는 생각이 들었던 것만 기억날 뿐. 꼭 새로 나온 생리대 선전 같았다.

"네가 다른 사람들보다 더 잘났다는 생각은 제발 좀 버려! 자, 이거나 받아. 넌 이걸 꼭 읽어봐야 해!"

니콜은 분명히 화가 났으면서도 친절하게 말했다.

니콜이 내민 신문 한가운데 '당신의 자녀는 어떻게 돈을 쓸까'라는 거창한 제목이 눈에 띄었다. 저축은행에서 조사한 바를 토대로, 아홉 살에서 열세 살 사이 아이들의 저축욕구와 그렇게 저축된 수십억 프랑에 관한 기사였다. 그 옆엔 이런 제목도 보였다. '걱정, 절망, 울화, 마침내 해결책을

찾다!'

내가 얼굴을 들고 물었다.

"내가 이 정도로 딱해 보여?"

"그걸 보니까 네 생각이 나더라. 그뿐이야."

"고맙다."

나는 다시 『축제와 잘못』 144쪽에 빠져들었다. 이 장의 제목은 '어디에 있어야 할지 아는 사람들'이었다. 제목은 좀 모호해 보였지만, 이 장에서 다루는 내용은 축제의 공간에서 아이들이 어떤 순간에, 어떤 조건을 가지고, 자기가 있을 곳을 결정하느냐에 관한 것이었다. 코카콜라가 잔뜩 쌓여 있고, 접시엔 과자들이 넘쳐나고, 아이들이 바글대는 파티 장소, 그곳은 오락과 칵테일에 대한 수업이 이루어지는 공간이다. 그뿐인가. 색종이 조각들과 씹다 뱉은 껌들이 신발 바닥에 들러붙는 곳이기도 하다. 그 껌은 아마도 평생 그 바닥에 붙어 있을 것이다. 무슨 이유로 거기 그렇게 악착같이 달라붙어 있어야 하는지도 모르는 채로.

"자, 그럼 난 간다. 너도 며칠은 휴가를 꼭 가야 한다는 거 명심하고. 난 내일 떠나거든."

나는 니콜이 건네준 기사를 읽기 시작했다.

그것은 야생화들과 묘약들과 가시가 있는 관목들을 이용한 볼플리 박사의 요법이었다. 그 기사는 운문으로 쓰여 있었다. 아스라이 향내를 맡을 수 있을 뿐, 묘사할 수도 없는, 독을 품은 시. 우선 대문자들로 가득 찬 서론은 평화, 조화, 힘, 생의 에너지를 이야기했다. 그다음엔 니콜이 말한 나의 문제점들을 요약한 짤막한 문장들이 이어지고 있었다. 볼플리 박사가 제시한 치료법은 마흔여덟 가지 식물과 꽃의 성분들을 이용한 것이었다. 그것들 덕에, 낫을 든 드루이드교의 사제들이 살던 까마득한 옛날부터, 사람들은 원하기만 하면 영혼의 병을 고칠 수 있었다는 것이다. 차례로 읽어보았다.

원인도 알 수 없이 뭔가가 걱정되고, 위협받는다는 느낌이 들 때는 사시나무.

어둠과 다가올 날과 다른 사람들의 병이 두려울 때는 육두구.

완전한 절망, 공허함 외에는 아무것도 예측할 수 없는

허탈한 상태에는 밤나무.

자기가 잘했다고는 한 번도 생각하지 못하고 다른 사람의 잘못까지도 자기 책임이라고 믿는 사람에게는 소나무.

외부의 사건들로부터 영향받지 않고, 불필요한 관계를 끊어버리기 위해서는 호두나무.

다른 사람들, 특히 친척들의 행복에 대한 지나친 걱정과, 자신에게 닥칠 불행에 대한 두려움에는 붉은 마로니에.

웃음이 나왔다. 난 '붉은 마로니에가 많이 팔릴 리는 없겠군' 하고 중얼거렸다. 다른 사람들에 대해 지나치게 염려하는 병 따위에 걸린 사람은 이제껏 본 적이 없다. 하하하! 바로 그 순간, 전화벨이 울렸다. 덜컥 겁이 났다. 하늘의 복수. 불행. 분노한 볼플리 박사의 전화.

"여보세요, 엄마야?"

아들이 떨리는 목소리로 작게 말했다.

"응, 별일 없니? 일어났어?"

나는 손이 뜨거워지는 걸 느끼면서 바보처럼 대답했다.

"엄마, 무슨 일이 있었는지 알아?"

아이가 심각하게 물었다.

화재, 홍수, 침대에서 뛰어내리다가 발목 삐기······ 이 끝없는 상상의 집착이여, 제발 날 좀 가만 내버려둬!

"텔레비전에서 봤는데, 영국 여왕이 윈저성의 열쇠를 잃어버렸대. 엄마도 알고 있었어?" 으제니오는 흥분하여 숨까지 헐떡이며 빠르게 말했다. "엄마, 그래도 괜찮을까? 여왕이 자기 집에 못 들어가진 않겠지?"

불쌍한 엘리자베스. 모자를 비스듬히 쓴 채 문을 아무리 두드려도, 손톱이 부서지도록 두드려도, 대답하는 이가 없다. 성은 비어 있다. 여왕은 현관 매트 위에 홀로 있다.

"걱정 마, 여왕들은 절대로 혼자 있지 않으니까. 현관 매트도 없을 거고." 내가 말했다.

"무슨 소리야, 엄마?"

전화를 받으면서도, 나는 볼플리 박사의 처방을 계속 읽고 있었다. '과중한 업무에 지쳤다고 느끼는 사람은 느릅나무' 아무래도 이걸 먹어봐야겠군.

나는 엄마들이 전화통에 대고 으레 해대는 자상하면서도 고약한 질문들을 던지고는 일찍 퇴근하겠다고 말했다.

"사실은, 나 너무 심심해, 엄마. 심심하다고."

아이는 그 말만 되풀이했다. 전화를 끊어버리고 싶었다.

"영화를 봐! 펭귄들의 사랑에 대한 기막힌 다큐멘터리가 있으니까. 창문 옆 선반에 놔뒀거든. 너 보라고 녹화해놓은 거야. 그걸 보고 있으면 시간이 좀 빨리 갈걸."

"난 이제 펭귄은 싫어. 무섭단 말이야. 이젠 새끼를 그만 좀 낳았으면 좋겠어. 아무튼 걱정 마, 엄마. 그냥 있지 뭐. 아담이나 보러 갈래."

나는 다시 책을 집어 들고 『축제와 잘못』에 대한 설명을 쓰기 시작했다. 책을 읽으면서 메모해놓은 것을 토대로 각장을 다섯 줄로 요약하는 것이었다. 어느새 아담의 존재조차 잊어버리고 있었다는 걸 스스로도 놀라워하고 있을 때쯤, 웬디가 다가왔다. 그녀는 너무 예민해서 사무실 분위기만 조금 달라져도 불안해서 어쩔 줄 모르는 타입이었다.

"어느 도서관 사서가 사람들을 많이 오게 만드는 방법을 발견했다는 이야기 들어봤어?"

그녀의 다정한 물음에 고개를 드는 순간, 내 뺨 위로 눈물 두 방울이 흘러내리고 있다는 사실을 깨달았다. 웬디가

엄마의 크리스마스

다가온 것도 그 때문이군. 난 당황해서 얼른 둘러댔다.

"이젠 진짜 안경을 하나 맞추든가 해야지 안 되겠다! 어느 도서관에 있는 사서 이야긴데?"

그때 전화벨이 울렸다. 웬디가 전화를 받더니 삐죽거리며 수화기를 건네주었다.

"마르타야."

웬디는 마르타를 좋아하지 않았다. 언젠가 웬디는 성질이 나서 얼굴까지 뻘게진 채로 퍼부었던 적도 있다.

"네 주변엔 왜 그렇게 남자만 밝히는 여자들이 많니! 도대체 어디서 그런 여자들을 알게 됐는지 신기하다!"

이런 상스러움과 과격함이 내 마음을 움직였다.

"마르타라니까. 브르타뉴래."

웬디가 또다시 말했다.

"너네 올 거지?"

수화기를 들자마자, 단호하면서도 경쾌한 마르타의 목소리가 들려왔다. 그건 질문이 아니라 명령이었다.

"내가 기차표를 예매해놨거든. 역에 가서 찾기만 하면 돼. 오늘 오후 세 시 기차를 타고 오면 내가 마중 나갈게. 날

씨도 좋고, 식구들이 다들 너희를 기다리고 있어."

웬디가 어깨를 움찔했다.

"그래, 갈게! 나까지 챙겨주니 너무 고맙다!" 난 어떻게 감사를 표시할지 몰라 허둥대며 또 덧붙였다. "진짜 친구가 있다는 건 참 좋은 거구나."

그러자 웬디가 심술궂게 의자를 움직여댔다. 마르타의 목소리가 어찌나 낭랑한지 수화기에서 1m쯤 떨어져 있어도 다 들렸기 때문이다.

"그럼 이따 보자. 정말 고마워!"

나는 잠시 도취해 있던 연극의 분위기를 떨쳐내고 수화기를 내려놓았다. 휴가를 담당하는 니콜에게 가서 휴가를 가겠다고 말했다. 볼플리 박사의 식물 요법을 소개해준 것도 생각해보니 참 고맙다고 인사를 했다. 니콜이 날 품에 안았다. 그녀는 이처럼 내 인생에, 또 주변의 일들에 영향력을 행사했다는 걸 뿌듯해했다. 모범이 된다는 게 자랑스러운 것 같았다. 그런데 난 왜 이리도 한심한 존재인지.

다시 일에 매달렸다. 오전 업무는 제대로 끝내놓고 가야 하니까.

"그 사서 이야기 좀 마저 해줘."

내가 암고양이 같은 표정으로 묻자, 웬디는 나를 경멸하듯 쳐다보더니 풍성한 검은 모헤어 가디건으로 몸을 감싸며 무뚝뚝하게 물었다.

"좀 추운 것 같지 않아?"

나는 "휴가 땐 어디 갈 거야?" 하고 되물었다.

"보리스가 프라하에 데려가주겠대. 나흘 동안. 그래서 이렇게 계속 떨리나봐. 겁이 나서. 무엇보다 추위가 겁나는 거 있지. (나는 다정하게 웃어줬다.) 기차를 열여섯 시간이나 타고 갈 거래. 그게 바로 우리의 밀월여행인 셈이지. 아이들은 우리 엄마 집에 데려다놓을 거고. 필립도 아이들을 데리고 있지 않겠다는 거야. 자기는 아무것도 해줄 마음이 없다나……."

웬디가 갑자기 웃었다. 그 모습은 꼭 한 마리 새 같았다. 나는 웬디의 전남편인 필립의 존재를 잊고 있었다. 웬디가 다시 말했다.

"난 그 사람 이름을 입 밖에 낼 때면 언제나 부끄러워. 아무것도 아닌 일들을 이야기할 때조차도 말이야. 내 말 한

마디 한마디가 다 돌려 말하고 암시하고 그러는 것 같거든. 그러다보면 내 삶까지도 더러워지는 것 같고. 넌 이혼 이야기를 들으면 혐오스럽지 않니? 난 내 입에서 어떻게 그런 말들이 나오는지 믿어지지가 않아. 너무 끔찍한 말들, 악취 나는 얼굴들, 외설적인 생각들. 우리가 왜 이렇게 흉물스러워진 거지?"

이렇게 속을 털어놔주는 웬디가 고마워졌다.

"너, 이야기해줄 거지? 전화로 해줄래? 그 사서 이야기 말이야. 난 이제 퇴근해야 되거든. 으제니오가 혼자 있으니까 미치겠나봐. 그래서 나도 마음이 편하질 않아."

"누크, 넌 도대체 언제쯤 마음이 편해질래?"

웬디가 정이 듬뿍 담긴 눈으로 보며 물었다.

"넌 죽어서 땅속에 묻혀서도 계속 걱정하고 있을 거야. 관은 어떤 나무로 만들었는지, 흙의 품질은 괜찮은지, 벌레들은 어떤 종류가 있는지!"

"그런 생각까지 해줘서 고맙구나."

난 신경질적으로 말했다. 그런 일을 떠올리는 건 괜히 싫었다. 웬디가 또다시 검은 스웨터를 여미고 팔을 비볐다.

어지간히 떨리는 모양이었다.

"그 사서는 미국 아칸소주 사람이었다지. 책을 빌리러 오는 사람이 너무 없어서 지겨웠대. 도서관은 넓고 밝았지. 수천 권의 책들이 잘 분류되어 있었고. 그런데 그게 아무 소용이 없으니 얼마나 안타까웠겠어. 그래서 그 여자는 작은 광고문을 하나 써서 지역신문에 광고를 냈어. '사서의 실수로 도서관의 책 속에 100달러짜리 지폐 한 장을 끼워 넣었습니다. 돈을 찾아주시는 분께는 후하게 사례하겠습니다.' 그 미련한 여자는 사람들이 도서관에 와서 손에 책을 잡기만 하면 당연히 책을 읽을 거라고 착각했던 거야. 그다음 날 당장 사람들이 몰려들기 시작했어. 도서관은 낮 열두 시부터 전쟁터가 돼버렸지. 책꽂이들이 넘어지고, 찢어진 책들이 의자들 위에 산더미같이 쌓였어. 온통 난장판이 돼버린 거지. 말할 필요도 없지만, 책을 읽는 사람은 단 한 명도 없었고."

난 생각했다. 그 사람들한텐 책들이 원수 같았던 거야! 그림의 떡일 뿐이니 화가 나지 않겠어!

"진짜 돈이 들어 있었으면 좋았을걸!"

내 말에 웬디는 작별 인사로 날 껴안으며 말했다.

"난 이 이야기가 참 좋아. 여러 가지 메시지들을 끌어낼 수 있거든! 나 여행 잘 다녀오라고 좀 빌어주라. 그럼 월요일에 봐!"

엄마의 크리스마스

사무실을 나오면서 난 달리기 시작했다. 생자크탑의 시계가 정오를 알렸다. 광장 한가운데 깨끗하게 다듬어진 잔디밭은 사람들의 출입이 금지되어 있었지만, 난 가로질러갔다. 여기저기에서 작고 흰 자국들이 눈에 띄었다. 벌써 스노드롭이라니. 난 가슴이 뛰는 걸 느끼며 중얼거렸다. 난데없는 기쁨이 솟구쳤다. 꽃 한 송이를 꺾으려고 걸음을 멈췄다. 으제니오가 기뻐할 거야. 그 애는 꽃을 엄청 좋아하니까.

그러나 몸을 굽힌 순간, 소름이 쫙 끼쳤다. 어처구니없군. 십이월에 웬 스노드롭을 상상한 거지. 점점 계절 구분이 없어지고 오존층의 구멍이 나날이 커져간다지만, 그렇다고 어떻게 지금 스노드롭이 피겠는가? 혹독한 겨울에 저항하려고? 부질없이 머릿속을 어지럽히는 잡념들. 그건 막연한 불안감이며, 이 불안감은 '모두 피난처에 숨자'라는 세 마디로 요약될 수 있는 나태함이기도 하다.

잔디밭에 흩뿌려져 있는 것은 흰 솜털이었다. 분명히 사나운 갈매기 두 마리가 싸웠을 거야. 난 공연히 새의 시체를 찾으며 중얼거렸다. 흰 솜털이 왜 그렇게 눈에 띄었을까? 가볍다는 것 때문에 존재의 연약함을 상징하는 것으로 보였던 걸까? 금세 퍼지고 어느새 사라져버리는 것들…… 아니, 사실 깃털들은 아주 끈질기게 버틴다. 심지어는 몇 주가 지나도 잔가지나 덤불에 그대로 붙어 있곤 한다.

지하철역으로 내려가자마자 전철이 도착했다. 다시금 희망이 솟아올랐다. 나는 자리에 앉아 혼잣말도 하고 콧노래도 불렀다. 나 자신에게 용기를 주기 위해서, 떨지 않기 위해서였다. 머릿속에선 이제부터 해야 할 일들이 점점 더 빠른 속도로 줄지어 지나갔다. 세탁소에 가고, 가방을 싸고, 약국에도 들러야 했다. 집에 쓸 만한 여행 가방이 있던가? 예전엔 어딜 떠날 때마다 트렁크들을, 아니 정확히 말해 트렁크 한 개씩을 꼭 부쳤다. 엄청나게 깊은 그 트렁크는 잘 다린 속옷들을 넣기에 좋았다. 내가 왜 이 초대를 받아들였던가? 생각하니 짜증이 났다. 으제니오와 나, 둘 다 너무 자극 없이 살아서인지, 아주 작은 동요만 있어도 불안해 어쩔 줄 몰랐다.

눈을 들어보았다. 맞은편에 한 연인이 앉아 있었다. 그들은 날 보고 있지 않았다. 두 사람 다 나이가 꽤 지긋해 보였다. 벨벳 조끼를 입은 남자는 몸집이 작고, 머리는 흰 병아리처럼 벗어진 데다, 둥근 안경을 끼고 있었다. 또 귀는 균형이 안 맞을 정도로 크고, 코는 뭉툭하고, 콧구멍엔 털이 나 있었다. 입술은 윤곽이 아주 뚜렷했고, 턱엔 보조개가 있었다. 그의 두 손은 오리 머리 모양으로 된 지팡이의 손잡이 위에 가지런히 포개져 있었다. 옆에 앉은 여자는 모피 망토를 두르고 있었다.

여자는 플라스틱 손잡이가 달린 커다란 바다표범 가죽 가방을 뒤지더니 커다란 사탕 두 개를 꺼냈다. 하나는 주황색, 하나는 노란색이었다. 여자는 주황색 사탕 포장지를 벗기고 연인의 입에 물려주었다. 남자의 입안으로 들어간 사탕

덩어리는 한쪽 뺨에서 다른 쪽 뺨으로 왔다 갔다 했다. 나는 망설였다. 그들을 부러워해야 할지, 아니면 소위 사랑이라는 미명하에 이루어지는 음험한 주종 관계나 지리멸렬한 지배 종속 관계 같은 것들에 대해 냉정하게 숙고해봐야 할지. 사람은 결코 젖먹이의 단계를 넘어서지 못해. 이건 끔찍하지만 진실이야. 난 한순간 여행 가방 꾸릴 걱정도 잊은 채 이런 생각에 빠져들었다.

　내가 그들을 쳐다보자, 여자가 웃어 보였다. 그러고는 내게도 노란 사탕 한 개를 건넸다. 러시아어로 몇 마디 하면서. 난 이럴 때 거절하지 못했다. 겁만 많은 게 아니라 예의도 발랐기 때문이다. 누군가가 모르는 사람에게서 사탕을 받아먹고 병에 걸렸다는 이야기를 들은 적이 있지만, 난 제발 세균이 날 좀 봐주기를 기도하며 사탕을 입에 넣었다. 사실 난 빨간 사탕을 먹고 싶었다. 여자도 마찬가지였는지 세 번째로 꺼내든 사탕은 화려한 장미색이었다. 우리 셋은 모두 사탕을 빨고 있었다.

　나는 내 기억 밑바닥을 뒤져 감사를 표시할 수 있는 러시아어를 끄집어냈다. 하라쇼(좋아요), 스파시바(감사합니다),

다스비다니아(안녕히 가세요). 그리고 지하철에서 내렸다.

다니엘 세탁소는 우리 동네에서 제일 높은 지대에 자리 잡고 있었다. 그곳은 굉장히 오래된 가게였다. 연보라색 바탕 위에 흰색 글씨로 쓰여 있는 '옛날식 세탁소'란 간판이 그걸 말해주었다. 그 앞을 지나다보면 풀 먹이는 냄새가 밖에까지 풍겨 나왔다. 카운터의 정경은 꿈에 잠기게 했다. 커다란 세탁기들은 요란한 소리를 내며 돌아갔다. 유리 뚜껑 안쪽에선 끓는 물이 물결을 일으키고 빨래들이 요동을 쳤다. 그걸 들여다보고 있노라면 꼭 무언가가 나타날 것만 같았다. 누군가의 얼굴, 플라스틱 오리, 작은 인어공주, 물고기 같은 것……. 천장에 걸려 있는 수십 개의 옷걸이들에는 제각기 다른 옷들이 걸려 있었다. 고운 면이나 실크로 된 드레스, 첫 영성체 때 입을 원피스, 깃엔 구멍이 뚫려 있고 레이스 장식도 달려 있어 구식 브래지어와 잘 어울릴 듯한 연극 의상 같은 블라우스, 그리고 요정 옷들도 있었다. 선반 위에는 마분지로 된 심을 깃에 끼워 반듯하게 접어놓은 와이셔츠들이 차곡차곡 쌓여 있었다. 그런 옷들은 왠지 아무도 찾으러

올 것 같지가 않았다. 그 가게는 출근하는 길목에 있어서 난 아침에 내가 제일 좋아하는 원피스를 맡기곤 했다.

"메탁사스 씨, 이거 오늘 저녁까지 드라이 좀 해주세요!"

다림질 기계로 납작하게 눌러 포장해준 옷에서 채 가시지 않은 온기와 모직물 특유의 냄새를 맡을 때면, 누군가가 날 돌봐주고 있는 것 같아 마음이 푸근해졌다. 난 메탁사스 씨도 좋아했다. 내가 처음으로 옷을 맡기러 갔던 날, 그녀는 미소를 지으며 날 아주 유심히 쳐다보더니, 뭘 의미하는 건진 모르겠지만 아마 동양식 인사인 듯한 동작을 하며 "행운을 빌어요, 아가씨" 했다. 마치 나의 모든 걸 알고 있다는 듯이, 아주 다정하게. 그 순간을 난 잊을 수 없었다.

내가 이야기나 나누려고 거기 들를 때마다 메탁사스 씨는 자기 가족의 불행한 역사를 들려주었다. 1917년, 베니젤로스의 민주혁명으로 쫓겨난 그리스의 대가족. 말하자면 자신들은 그리스의 반혁명주의자들이라면서 그녀는 웃었다. 그들은 이 나라 저 나라로 떠돌아다니며 살았지만, 자기들이 머무는 곳에서 어떤 일이 일어나고 있는지에 대해서

엄마의 크리스마스

는 별 관심이 없었다. 그들은 다른 사람들에게 신경을 쓴다거나, 뭔가를 고려한다거나, 현실과 싸운다거나 하는 걸 모른 채, 그저 자기네 꿈속에만 갇혀 있었다. 당연한 이야기지만, 그들은 금방 비참한 처지에 놓이게 되었다. 아무도 일할 생각을 안 했기 때문에, 순식간에 빈털터리가 되어버린 것이었다. 그러나 손주 세대에 이르러선 일을 하지 않을 수 없었다. 택시 운전사, 지배인 아니면 세탁소 점원. 그건 키프로스 태생인 사촌이 세탁소 체인을 갖고 있던 덕분이다. 메탁사스 씨는 노래를 무척이나 하고 싶었다고 했다.

"난 오페라 가수의 목소리를 타고났다는 이야길 많이 들었어요. 그런데 레슨을 받을 형편이 되어야 말이죠! 에프카리스토 폴리! 더구나 세탁소라는 공간은 목소리에 치명적이거든요. 정말 한심한 신세죠!"

그녀는 가끔 알아들을 수도 없는 그리스어에다 한숨까지 섞어가며 한탄했다. 그러나 메탁사스 씨에게는 여왕과도 같은 기품이 남아 있었다. 그녀가 '오페라 가수의 목소리'라고 말할 때면 나는 상상에 빠져들곤 했다. 무대 위에 선 그녀. 벨벳 커튼이 서서히 올라간다. 금색으로 호화롭게 장식

된 발코니에 경의를 표하듯. 작은 오페라글라스와 부채로 무장한 눈부시게 화려한 관객들은 몸을 숙이고 달콤하게 속삭인다. 날아갈 듯한 드레스를 차려입은 앙젤리크 메탁사스는 간절한 선율로 온 세상을 품에 안고 감싸준다. 그러나 실제로 내 귀에 들려오는 건 에디트 피아프 풍의 노래이며, 난 그녀에게 카스타피오레(프랑스 만화 『땡땡의 모험』 시리즈에 등장하는 여가수)처럼 옷을 입힌다. 내가 의상들을 만들고 무대를 그리던 시절을 떠올리며…… 다행히도 앙젤리크 메탁사스는 내가 그런 상상을 하고 있다는 사실은 전혀 모르는 채, 여전히 얼굴이 시뻘겋게 달아오른 채로 사설을 늘어놓고 있었다.

"저놈의 지겨운 눈! 흉물스러운 것 같으니라고. 눈하고 요즘 세상하고 어쩜 그렇게도 똑같죠. 깨끗해 보이지만 사실은 얼마나 지저분해요! 게다가 빙판 위를 걸어가려면 등골이 다 오싹해지잖아요! 우리 엄마는 왜 이런 이야기를 안 해주었을까! 아니면 내가 귀담아듣질 않은 건지, 원. 나는 하루 종일 이렇게 뺨이 새빨개져 있어요. 더웠다, 추웠다, 정말이지 가게 안에선 견디기가 힘들어요. 늙는다는 게 이렇게도 끔찍할 줄이야, 보헤 모이.”

난 거의 매일 앙젤리크 메탁사스를 보러 들르고, 그녀는 내게 말도 안 되는 충고들만 해주었다. 그도 그럴 것이, 그녀가 삶을 바라보는 관점이라는 것에 실은 아무런 현실성도 없었기 때문이다. 앙젤리크는 매일같이 자기 가족의 파란만장한 사연들을 들려주었다. 그러나 난 아무것도 알아들을 수 없었다. 앙젤리크는 결정적인 순간들을 다 빼먹었고, 사람들의 이름도 정확하게 발음하지 않았고, 연대마저도 제멋대로였다. 내가 캐묻기라도 하면 앙젤리크는 한숨을 쉬며 반박했다.

“그렇게 오래된 일들을 어떻게 기억하겠어요? 생각하기도 끔찍한 일들을 뭐 하러 모조리 기억하냐고요. 그리고 그게 또 무슨 소용 있어요? 특별할 거 하나 없는 자질구레한 이야기들에서 뭘 끌어내고 싶은 건데요? 그래요, 예외도 있긴 하지만, 사람 사는 건 다 똑같거든요. 바보 같은 러시아인들, 백치 같은 유대인들, 멍청한 스페인 사람들, 멍한 터키인들, 미련한 아르메니아인들, 집시들 그리고 루마니아인들. 어디에나 다 있어요. 결국엔 누가 누구인지도 모를 정도로 말이에요. 콘스탄티노플이건 알렉산드리아건 간에, 언제나 똑같은 영광, 칼, 축제, 도박 빚, 박해, 배신의 사연들로 넘치죠. 언제나 똑같은 스토리들이 세상 어느 구석에선가 일어나고 있는 거예요. 사람들은 상처투성이가 된 채 붙들려서 끝없이 이어지는 트럭들 속에 웅크리고 앉아 끝없는 가시 철책 너머로 들어가 갇혀버리는 거예요. 난 가끔 그 수백만 킬로미터의 가시 철책을 어디서 가져오는 건지 궁금할 때가 있어요. 누가 그걸 만들었고, 누가 그걸 옮겨오고 했는지. 그건 어딜 가나 있고 모양도 똑같으니 말이에요. 한번 기회 있으면 보세요. 어디서나 똑같다니까요. 그리고 결국엔 커다란 구덩이, 감춰진 시체들, 일상적인 범죄들로 가득 찬 작은 숲들로 끝이 나는 거죠. 아름다운 무늬가 있는 테이블, 수의, 엄마가 딸에게 물려주는 묵직한 이불, 태어날 때 덮는 이불과 죽을 때 덮는 이불들이여 모두 안녕. 너무 급히 서둘러 출발하느라 전부 다 잊고 못 가져왔어요. 빵 속에 감춰둔 보석, 커다란 검은 눈으로 울던 어린 소녀들. 이야기하자면 한이 없겠어요. 다 잊어버립시다, 이 쓸데없는 잡동사니는 잊읍시다. 난 내 악몽들을 가져가줄 사람만 있다면 얼른 줘버리고

엄마의 크리스마스

싶어요! 내가 '기억의 전문가'라는 작자들을 얼마나 싫어하는지 알아요? 정작 그 기억의 순례자들은 밤엔 꿈도 꾸지 않고 잠만 잘 자죠. 잊어버릴 게 아무것도 없는 사람들만 다른 사람들이 기억해주길 바라는 거라고요."

난 그 무수한 말들 앞에서 입을 헤 벌린 채로 있었다. 그녀의 말을 받아먹다가 그만 미끼를 물어버린 형국이었다. 하지만 묘한 건, 그 주술 같은 이야기 속에 나를 진정시켜주는 뭔가가 있었다는 점이다. 앙젤리크 메탁사스는 진정한 시인들에게서 보이는 모순의 정신을 갖고 있었다. 그녀에게 진실을 기대해선 안 된다. 그런 덴 관심도 없고, 믿지도 않으니 말이다. 나는 그녀가 왜 결혼을 한 번도 안 했는지 궁금할 때가 많았다.

으제니오 역시 앙젤리크를 좋아했다. 영국 여왕 이야기를 들을 수 있었기 때문이다. 자기 할머니가 윈저성이나 버킹엄 궁전에서 예전의 여왕과 잘 알고 지내는 사이였다는 것이다. 딱하기도 하지, 엘리자베스 1세가 지금 왕실에서 일어나고 있는 일을 본다면……. 미니스커트를 입은 공주들. 그나마도 싸구려 천일 테지. 게다가 공주들이 모터보트를 타다가 파파라치들에게 사진을 찍히는 것하며, 정말로 속되기가 짝이 없다는 것이다. 메탁사스 씨는 모터보트를 특히 증오했다. 그걸 잡지에서밖에 못 본 것 같았다. 그녀는 왕조야말로 유일한 지배체제라 여기며, 스페인의 소피아 왕비, 덴마크의 마르그레테 2세 여왕, 태국의 푸미폰 왕 등의 작은 사진들을 갖고 있었다. 그녀는 왕족들에 대한 걱정이 많았다. 쇠퇴해가는 자신의 우상들이 언젠가는 모터보트나 그런 부류의 것들로 인해 끝장나고 말 거라는 걸 알고 있었기 때문이다. 그녀는 민중보다 왕족들을 훨씬 더 염려했다. 자신도 어쩌다 민중의 일원이 되어버린 신세지만, 과연 민중이 진정한 공화주의자가 될 수 있을지 미심쩍어했다. 그러나 나는 한 번도 내 조상에 관해 말한 적이 없고, 그녀 역시 물어본 적이 없다.

다니엘 세탁소의 문을 열고 들어섰다. 검은 실크 원피스를 찾아갈 수 있다면, 마르타의 집에 가져갈 작정이었다. 등이 브이 자로 파여 있어서 저녁 식사 때 입으면 좋을 것 같았다.

전에 한두 번 본 일이 있는 젊은 여자가 티켓을 달라고 했다. 메탁사스 씨는 어디 있을까? 이상하게 걱정이 됐다. 그러나 차마 물어보진 못했다. 파리에선 그런 걸 물어보아선 안 된다. 그건 무례한 짓이다.

"메탁사스 씨는 안 계시나요?"

결국엔 묻고 말았다.

"그만뒀어요. 이젠 안 나올 거예요."

"어디 아픈 건 아니고요?"

"아뇨, 병이 날 사람은 오히려 우리죠." 여자가 웃었다.

"연락처라도 알 수 없을까요?"

세탁기 뒤에서 남자가 튀어나왔다. 여자의 아버지였다. 두 사람은 너무 똑같아서, 누가 보더라도 아버지와 딸이었다. 그렇게 닮은 사람들을 볼 땐 재미있기도 하지만 당혹스럽기도 했다. 우리도 어쩔 수 없는 동물이구나, 토끼의 먼 친척이구나, 우리가 결정할 수 있는 건 아무것도 없구나 싶어서였다.

입구 옆에 있는 새장에선 구관조가 수다를 떨기 시작했다. 잘 들어보면, '빨리 다려!' '안 다렸어?' 따위의 다림질과

관련된 말들이었다. 사실은 내가 그렇게 들었다 뿐이지, 그 정도로 말을 잘하는 건 아니었다. 주인 남자는 진땀을 흘리고 있었다. 그에게선 뭔가 비열한 분위기가 풍겼다.

주인 남자가 물었다.

"메탁사스에게 무슨 볼일이 있으신가요?"

그는 메탁사스라는 말을 꼭 침 뱉듯이 했다. 서부영화를 너무 많이 본 듯싶었다. 나도 많이 보긴 했지만⋯⋯. 난 머뭇거리다가 말을 꺼냈다.

"아니, 아무것도 아니에요. 그냥 좀 뜻밖이라서요. 워낙 오래 봐온 사이라서. 괜찮아요, 또 들르죠."

내가 왜 이렇게 더듬는 거지? 구관조만큼도 말을 못하잖아. 나는 옷을 받아 들고 지갑을 펼쳤다. 얼른 나가버리고만 싶었다.

"궁금해하시니까 드리는 말씀인데, 그 여자 손버릇이 고약하더라고요."

주인은 사납게 이야길 시작했다. 동정심을 일으키려는 듯 한숨도 함께 쉬었다.

"얼마나 기가 막힐지 짐작이 가시죠? 믿었던 사람이 벌써 몇 년 전부터 금고에서 돈을 빼돌렸으니. 도대체 얼마나 훔쳐간 건지도 모르겠어요. 당장에 쫓아내버렸죠. 다 늙어빠진 게 잡소리들을 늘어놓던 걸 생각하면…… 하나같이 말같지도 않은 소리에 거짓말뿐이었다니까요. 허풍쟁이에다, 도둑에다, 과대망상증 환자인 더러운 년이었어요. 그런 년들한테선 자궁을 들어내버려야 한다니까. 나 참 기가 막혀서."

마치 그가 내 배를 쳐다보고 있는 것 같은 엉뚱한 생각이 들었다.

집을 향해 달리면서 나는 흐느껴 울었다. 다시는 다니엘 세탁소엔 가지 않으리라. 앙젤리크가 그 비곗덩어리 같은 영감의 금고를 건드렸다면, 거기엔 필시 무슨 곡절이 있었을 것이다. 분명히 월급도 제대로 받지 못했을 것이다. 열기와 욕설과 그 밖의 모든 환멸들을 보상해줄 만한 것을 충분히 받지 못했을 것이다. 나는 속으로 앙젤리크라는 그녀의 아가씨적 이름을 되풀이해 불러보았다.

으제니오는 계단에서 날 기다리고 있었다. 위에서 내려다보더니 내 손을 아주 의기양양하게 잡아끌었다. 아이는 가방이란 가방은 있는 대로 다 꺼내 침대 위에 늘어놓은 채

기다리고 있었다.

"이것 봐, 내가 다 준비해놨지!"

어디로 떠나는 순간이면, 난 늘 현기증이 났다. 속이 텅 빈 것 같았다. 자, 얼른얼른 떠나자.

"엄마, 기차에 작은 램프 같은 것들도 있을까?"

나 역시 기차의 작은 램프들을 좋아했다. 낮에 기차를 탈 거라는 사실도 잊고, 난 공상에 빠져들었다. 우리는 스웨터와 양말과 파자마와 온갖 잡동사니들을 다 챙겼다. 가방 두 개가 꽉 찼다. 뭐든 다 갖고 가기로 작정을 하면, 준비는 순식간에 끝나는 법이다. 아담에게도 다정하게 작별 인사를 했다. 아담은 새로운 식구들에게 완전히 적응을 했는지 어느 때보다 노래를 잘 불렀다. 아무런 회한도 없어 보였다.

"비행기를 타고 가지 못해 아쉽구나." 나는 문을 닫고 나오며 말했다. "비행기를 타면 샤를드골 공항의 토끼들도 보여줄 수 있을 텐데."

이 말에 아이가 웃었다.

"엄만 아무리 봐도 토끼광이야. 난 기차가 더 좋더라. 엄마가 나한테 이야기해줬던 것 있지? 인간은 원숭이로부터만 진화한 게 아니라, 토끼로부터도 진화했을 거라는 거. 학교 가서 그 이야기 했다가 애들한테 얼마나 놀림당했는지 알아?"

난 아이의 연약한 마음에 실망을 했지만, 고집을 피우진 않았다. 누가 뭐래도 인간이 토끼의 후손이라는 건 너무도 심오한 진실이다! 오 갈릴레오, 모든 것은 어느 때고 변함이 없는데, 그대는 정녕 아무것도 아닌 일로 목숨을 잃었군요!

오르막길이 되면서 바람도 차가워졌다. 우리는 가방을 끌고 부지런히 걸었다. 드디어 역이 눈에 들어왔다. 광장 한가운데에선 구식 회전목마가 돌아가고 있었다. 규모만 컸지 스산하기 짝이 없었다.

"딱 한 번만." 으제니오가 떼를 썼지만, 나는 들어주지 않았다. "생각 좀 해봐, 네가 지금 그런 거 탈 나이니?"

속으로는 말할 수 없는 향수를 느끼면서도 난 그렇게 말했다. 기억 속에서 수도 없이 많은 목마들이 돌아가고 있었다. 목마를 탈 때면 왜 그렇게도 춥던지. 회전목마엔 늘 바람이 불었던 것 같다. 부시코 광장의 회전목마는 비참할 정도로 허름했고, 거의 언제나 진흙탕에 빠져 있었다. 리볼리

거리의 회전목마는 규모가 컸고, 키가 2m나 되는 말들에는 금박까지 입혀 있었다. 뤽상부르 공원의 회전목마는 엉덩이를 살짝 들고 금속 막대 위로 고리를 던지는 시설까지 갖춰져 있었다. 나는 으제니오가 한두 살밖에 안 됐을 때, 아기를 안고 목마 타기를 좋아했다. 원래는 안 되는 일이었지만 주인이 허락해줬다. 그건 아이에게 삶과 모험이란 것을 처음으로 경험하게 해주는 일이었다.

아, 쓸데없는 생각은 그만! 정신 차리자. 티켓, 창구, 뭔가 잘못한 것 같은, 늦어버린 듯한 느낌, 그리고 너무도 확실한 두려움. 나는 주머니에서 구겨진 작은 종이를 꺼냈다. 거기에 마르타가 불러준 번호를 갈겨써놨다. 그걸 읽었다. 볼수록 바보 같은 번호였다.

"PQ9T865MI72요? 자, 여기 표 있습니다." 젊은 남자가 표를 내주었다. "어른 하나, 아이 하나. 파리―브레스트, 이등칸 두 장, 창가, 금연석."

순간, 작은 램프가 떠올랐다.

"일등칸 표 두 장 남은 거 있나요?"

이 말에 아이가 웃었다.

엄마의 크리스마스

"이등칸도 남았는데, 일등칸이 안 남았겠습니까. 하지만 값이 거의 두 배인데요!"

그는 그게 어린아이한테 안 좋은 습관을 들여줄 수 있다고 생각하는 것 같았다.

객실은 멋졌다. 회색 벽에 작은 오렌지색 램프들이 잘 어울렸다. 으제니오와 나는 좋아 어쩔 줄 몰랐다. 기차에 올라탄 그 순간을 영원토록 잊지 못하리라. 우리 둘은 커다란 난초와 작은 난초처럼 기품 있게 몸을 굽혀 가방에서 작은 신문들, 양파 과자, 유칼립투스 사탕 같은 것들을 꺼냈다. 여행의 맛은 바로 출발의 순간에 있었다.

알퐁소와 사랑에 빠져 있던 시절, 그가 '우리 만나자' '미국에서 만나자' '중국에서 만나자' '탕헤르에서 만나자' '몽펠리에에서 만나자' 할 때마다, 나는 가슴이 철렁 내려앉으며 눈에 눈물이 잔뜩 고이곤 했다. 내 사랑이 점차 죽어가고 있다는 게 느껴졌던 것이다. 결국 난 그에게 말하고 말았다. 난 만나는 건 안 좋아한다고. 우리는 누구와도 만나지 못한다고. 만남의 장소에 이르렀을 땐 언제나 아무도 없다고. 침대나 테이블 위에 '기다리고 있어'라는 짤막한 한마디가 남아 있을 뿐.

내가 원하는 건 함께 떠나는 것이다. 함께 택시를 잡는 것이다. 두근두근 뛰는 가슴을 안고 플랫폼 위를 한껏 달려가며, 멀리서 번호만 보고도 우리가 탈 기차를 알아보는 게 좋다. 객실의 작은 오렌지색 램프도 좋다.

기차가 플랫폼에서 멀어지며, 사람들도 점차 시야에서 사라져갔다.

"우릴 괴롭힐 사람이 이젠 하나도 없겠구나!"

난 자랑스럽게 말했다.

으제니오는 내 말을 듣고 있지 않았다. 아이는 기차 소리에 푹 빠져 있었다. 그걸 보니 '에스카르비유(석탄이 타고 남은 찌꺼기)'라는 낱말이 생각났다. 난 그 말을 '에스카르 부클르(보석 가닛)'와 혼동했다. 석탄 조각들이 꼭 보석처럼 보였던 것이다. 우리가 어렸을 때만 해도 차창을 열어놓고 있을 수 있었다. 기차가 출발하는 순간, 우리는 유리창을 내리고, 몸을 밖으로 내놓고 팔을 흔들어댔다. 어떻게든 멀리까지, 또 최대한 오랫동안 기차를 따라오려고 달음박질치는 엄마의 손과 스칠 때도 있었다. 그러나 기차는 순식간에 엄

마를 따돌렸다. 그러고 한참 동안 말뚝들이 지나가고, 철로
가 이어지다가, 시골이 나타났다. 연못들, 나무들, 수학 시간
에 나오는 직선 같은 포플러나무의 선. 그러나 머리를 마냥
내놓고 있을 순 없었다. 석탄 태우는 연기에 눈이 상할 수도
있었기 때문이다. 으제니오는 기차의 멋진 소리에 정신을 빼
앗겼다. 세상이 우리 뒤에서 조용히 닫히고 있는 듯했다. 상
관없었다. 기차도, 바다로 나간 배처럼, 모든 것으로부터 보
호해줄 테니까.

"심심해, 엄마. 너무 심심해."

으제니오가 또 시작이었다. 난 아이를 걱정스럽게 바라
보았다.

"금방 도착할까?" 아이가 물었다.

"세 시간 후에. 정확히 두 시간 오십오 분 후에. 저 소들
좀 봐, 웃기지. 쟤들 아무래도 굉장히 춥겠다. 두 시간 사십
분만 더 가면, 풀들도 하얗게 얼어 있을걸."

난 너스레를 떨었다. 시간은 꿈쩍도 않는데, 난 늘 그걸
잊어버린다.

"내가 십오 분을 일 분으로 바꾸는 법을 가르쳐줄까?"

내 말에 아이는 노골적인 반감을 드러내며 날 바라보았다. 내가 재미 삼아 철자 놀이나 동사 변화 놀이를 하자고 할때, 혹은 내가 아주 즐거운 표정으로 "우리 구구단이나 한번외워볼까?" 할 때 보이는 바로 그 반응이었다.

"방학 동안엔 공부하지 말라고 했어. 아까 엄마가 사무실에 있을 때 아빠가 전화했거든. '이런 날까지도 널 혼자놔두다니 너무하다' 그랬어. 또 '엄마가 공부를 너무 많이시키지 않으면 좋겠구나. 엄마한테 너도 다른 애들처럼 숨쉴 여유를 좀 달라고 해' 그랬어."

가슴이 조여들었다. 아이를 바라보았다. 그 아이는 어느새 더 이상 내 아들이 아니었다. 아이가 두려워졌다.

"그럼 뭘 하고 싶은데?"

내 신세가 처량했다. 아들에게 쩔쩔매는 치사하고 한심한 인간.

"카드놀이 하고 싶은데, 카드가 없네."

갑자기 기운이 났다. 전투에 나가듯 투지가 솟았다. 카드가 없다고? 그럼 만들면 되지.

우리는 작은 테이블을 펴고 종이들을 늘어놓았다. 똑같

은 크기의 직사각형 종잇조각 서른두 개를 만들어야 했다. 으제니오는 포커를 하고 싶어 했는데, 포커를 하자면 카드가 서른두 장 필요했던 것이다. 으제니오는 하트와 클로버를 맡고, 나는 스페이드와 다이아몬드를 맡았다.

기차가 렌역을 지날 때쯤, 카드가 다 완성됐다. 킹은 아랍 풍의 수염을 달았고, 퀸은 페티코트까지 갖춰 드레스를 입었고, 잭은 신들처럼 멋졌다.

게임을 시작하려는 순간, 여자 두 명이 들어와서 우릴 방해했다. 두 여자는 서로 마주 보고 앉아서 우리를 개의치 않고 쉴 새 없이 떠들어댔다. 그러면서 가끔 우리의 노름을 못마땅한 듯이 흘겨보았다. 으제니오는 돈을 만든다며 바닐라 향이 나는 지우개 한 상자를 다 써버리더니 그 덕분인지 계속 따기만 했다. 내가 여자들의 이야기에 정신을 팔고 있는 동안 돈은 모조리 으제니오의 차지가 되었다.

조각조각 기운 듯한 문장들이 들려왔다. "그 사람은 내가 빨랫비누를 어디다 두는지도 몰라." "집에 가보면 또 얼마나 난장판이 돼 있을까." 이상한 건, 내 옆에 앉은 예쁘면서도 바보 같은 여자의 건조하고 지친 목소리에서 풍기는 승리의 뉘앙스였다. 검은 아이라인을 그린 푸른 눈, 꼭 다문 입, 새빨간 루주.

"그 사람은 자기가 집에 있으나 마나 한 존재라는 것도 모르나봐."

"집에 있다 해도, 절대로 우리랑 같이 지내는 적이 없어. 아이들도 아빠한텐 관심이 없고. 하숙생이지 뭐."

"뭐든지 못 본 척 눈감고 지나가야 해. 그냥 넘겨버려야 한다고. 불평하자면 한이 있나!"

"돈타령하는 걸 계속 듣고 있으려면 얼마나 괴로운지 아니! 맨날 죽을상을 해서는."

"식이요법은 또 얼마나 지독하게 하는데! 오로지 자기 몸 챙기는 데 혈안이 된 사람이야."

"말은 한마디도 없고 리모컨만 눌러대는 데다 코는 또 왜 그렇게 고는지."

"우리 남편은 귀도 어두워지기 시작했어. 안 그래도 없던 말이 더 없어졌다니까."

"토요일에도 낮잠만 자고, 애들하고 놀아줄 생각 같은 건 전혀 안 해. 아예 자기 혼자서 인스턴트 요리를 데워 먹고

엄마의 크리스마스

만다니까!"

두 여자는 공놀이하듯 사이좋게 남편 흉을 주고받았다. 이것도 일종의 습관이었다. 고약한 습관. 천박한 그 무엇.

쉴 새 없이 오가는 말들로 우리까지 더러워지는 것 같았다. 귀를 닫아버리자. 게임은 끝났다. 으제니오가 다 휩쓸어갔다. 기차는 랑드, 랑디비지오를 차례로 지났다. 황야가 이어지며 악착같이 살아남은 풀들, 금작화 덤불들이 눈에 들어왔다. 냄새가 달라졌다. 이제 다 왔다. 내 눈은 바다를 찾고 있었다.

"바다가 보이는 첫 순간에 소원을 빌어봐."

으제니오는 내 말을 듣더니 어깨를 으쓱했다.

"엄마랑 같이 있으면 계속 소원만 빌어야 되겠네. 보나마나 이루어지지도 않을걸."

"그래? 무슨 소원을 빌었는데?"

내가 깜짝 놀라서 물었다.

마르타의 집에 도착한 건 이미 깜깜해진 뒤였다. 난 그게 못내 아쉬웠다. 아이에게 절벽 위의 위풍당당한 집을 보여주겠다는 생각으로 내심 들떠 있었던 것이다. 그 집은 내게 잊을 수 없는 추억으로 남아 있었다. 십오 년 만에 와본 것인데도 그 특유의 냄새와 삐걱거리는 소리가 낯설지 않았다. 그것은 야릇한 느낌과 더불어 즐거운 호기심을 불러일으켰다. 마르타는 우리를 데리고 계단을 오르더니 복도 끝에 있는 문을 열었다. 그 방은 내 기억보다는 작았지만 아주 정갈했다. 똑같은 침대 두 개, 작은 나무 테이블, 녹색 칠을 한 시

엄마의 크리스마스

멘트 선반 두 단, 세면대 그리고 옷장이 갖춰져 있었다. 창밖으로는 커다란 나무 한 그루와 그 뒤로 펼쳐진 정원이 보였다. 깜깜한 데다 바람까지 부니, 약간 겁이 나기도 했다.

"저녁 식사는 한 시간 후에 할 거야. 좀 쉬고 있을래?"

마르타는 이럴 때 꼭 나한테만 이야길 해서 으제니오의 불만을 사곤 했다.

"아줌마 눈엔 난 보이지도 않나봐!"

그럴 때면 난 설명해주었다. 그건 마르타가 자신의 신조를 나타내는 나름의 방식이라고. 아이들을 왕처럼 떠받드는 세태 속에서 설 자리를 잃은 어른들을 보호하기 위한 투쟁의 일부라고. 으제니오는 자기 대모를 잘못 구해줬다고 투덜댔다. 아이는 보는 사람한테마다 이렇게 불평했다.

"내 대모는 아이들을 원수로 알아. 아이들이라면 질색을 하고, 사사건건 트집만 잡는다니까. 선물 한 번 사준 적 없어. 우리 엄마는 어디서 그런 대모를 구해왔는지 몰라! 난 왜 이렇게 재수가 없지!"

마르타의 질문이 꼭 명령같이 들려서 내가 말했다.

"우리 걱정은 하지 마. 좀 이따가 보자. 모든 게 너무 홀

릉하다. 방도 참 아늑하고."

사실 난 방이 전혀 마음에 들지 않았다. 이 방은 내게 언제나 두려운 곳이었다. 이 집에서 바다를 향하고 있지 않은 유일한 방이고, 제일 어두운 데다, 까마귀 소리까지 들렸기 때문이다. 한마디로, 이 방에 대한 기억은 온통 나쁜 것들뿐이다. 그러나 우리 모자는 불쌍해 보여서 초대를 받은 식객에 지나지 않았다. 마르타의 어머니는 우리 모자에게 문을 열어줄 때 이미 그 점을 분명히 했다.

"크리스마스에 열다섯 명씩이나 모이다니, 이런 적은 한 번도 없었는데. 도대체 어떻게 하겠다는 건지 원. 석탄도 거의 다 떨어져가는데……. 할 수 없지, 카트린은 큰 침대에서 딸을 데리고 자야겠구나. 사실 걔는 어젯밤에도 한잠도 못 잤는데 말이야. 안솔랑주네 세쌍둥이가 설사를 해댔거든! 카트린은 그래도 싫은 소리 한마디 안 한단다. 그래서 내가 늘 이야기하지, 사람들이 너한테 고마워하는 것만으로도 넌 배가 부를 거다. 아무튼 잘 왔어, 누크. 우리 신사 분도 반가워요! 우리 집에선 언제나 마르타가 법이라니까. 바깥양반이 돌아가신 뒤로는 도대체 집안에 애, 어른의 구분이 없으니!"

"엄마, 그만 좀 하세요."

마르타가 단호한 어조로 무안을 줬다. 몰락해가는 명문가에서 부모와 자식의 역할이 뒤바뀌었을 때, 자식이 부모에게 흔히 쓰는 말투였다.

내가 으제니오에게 말했다.

"어서 와, 바다 보러 가자!"

예전 같으면 주인 눈치를 안 볼 수 없었을 것이다. 호텔에 든 것처럼 방에다 가방만 풀어놓고 얼른 나가버리는 건 예의 없는 짓이라고 생각했다. 그러나 지금은 예의고 뭐고 없는 시대다. 세상이 절대로 변하지 않을 거라고 상상한다면, 그건 정말로 무모한 일이다.

나는 바닷가로 향하는 길을 기억하고 있었다. 우리는 길을 막아서는 괴상한 그림자들도 겁내지 않고 정원을 가로질러갔다. 나는 으제니오의 손을 꼭 쥐고 만으로 향하는 진흙탕 오솔길을 내려갔다. 밀물이었다. 우리는 바위 위에 앉았다. 등대, 은빛 바다, 달, 거의 초록빛으로 보이는 거대한

하늘 그리고 겨울 내내 항구의 불안한 피난처에 머물고 있
는 유람선들의 빛나는 선체도 눈에 들어왔다. 만을 둘러싼
집과 카페와 자동차와 해안도로의 가로등에서 나오는 정겨
운 불빛들이 한밤중의 늑대 눈처럼 빛나고 있었다. 방파제를
따라 참치잡이 배가 두 척 있었다. 방파제 끝에 표지판에 기
댄 채 포옹하고 있는 두 연인의 실루엣이 보이는 듯했다. 하
지만 나는 아무 데서나 연인들을 보았다고 착각하곤 했기
때문에 확신할 순 없었다.

우리는 한참 동안 앉아 있었다. 손을 맞잡은 채 이를 덜
덜 떨면서, 어둠 속에서 눈이 아릴 정도로 반짝이는 불빛들
을 바라봤다.

"난 이렇게 멋진 풍경은 처음 봤어, 정말."

아들이 떨리는 소리로 말했다. 그 순간, 나는 지상에서
의 내 소임을 다한 것 같은 뿌듯함을 느꼈다.

거실에선 식구들이 모두 모여 바닥에 흩어져 있는 사진
들을 들여다보고 있었다.

"카트린이 세탁실을 청소하다 넘어지면서 가방을 깔고
앉았는데, 그 안에 이 앨범들이 가득 들어 있더래. 사진들을

연도별로 쫙 분류해놓은 거 있지! 이 안에 없는 게 없어."

마르타가 흥분된 목소리로 설명하더니 으제니오에게 물었다.

"너희 엄마가 우리 집안 이야기를 해준 적 있니?"

그러고는 대답도 듣지 않고 이야기를 시작했다. 성대한 결혼식, 이목구비가 수려한 청년들, 차 마시러 오는 손님들을 제대로 접대할 줄 알았던 시절, 드레스가 삼백 벌이나 되던 증조할머니, 할머니가 일곱 살 때 너무 심심해서 병이 날 지경이라는 이야기를 듣고 콩고 대사가 선물해주었다는 새끼 사자.

"당연한 이야기지만 그 새끼 사자는 금방 병이 나버렸대. 젖병에 코코아를 타서 너무 많이 먹인 데다가 할머니가 직접 만든 옷을 껴입히고 모자까지 씌웠다니까. 그래서 결국은 사자를 동물원에 기증하고 말았대. 그 후에 어떻게 됐는지는 나도 몰라. 할머니는 그 이야기를 안 하고 싶어 했거든. 아마 후회가 돼서 그랬겠지. 아무도 그 사자의 이름조차 모른단다. 지금 이 별장은 '작은집'이라고 불러. 우리 사촌들이 물려받은 커다란 저택들과 구별하느라고. 이 집에도 원래는 사우나가 있었고, 거실 두 개와 작은 서재 두 개가 있었어. 각자가 최소한 방 두 개씩은 마음대로 쓸 수 있어야 품위가 유지된다고 믿었던 거지. 지금은 전부 다 침실로 개조해버렸어. 여름에 전부 같이 잘 수 있는 큰 방도 하나 만들었고. 할머니는 그랜드 호텔(1872년 세워진 파리 특급호텔)에서 사교모임이 열리던 시대에 돌아가셨어. 정말 다행이지. 전성기 때 돌아가셨으니. 할머니는 상상도 못 했을 거야. 『위대한 개츠비』에서처럼 격조 있게 테니스 치던 여자들은 다 사라지고, 대신 아무 옷이나 걸쳐 입고, 얼굴은 제대로 씻지도 않고, 팔을 쳐들어 남을 조롱하거나 하는 사내아이들이 테니스 코트를 차지해버리리라고는 말이야."

"난 당신이 그렇게까지 과거에 향수를 갖고 있는지 몰랐어!"

에티엔이 좀 비꼬는 듯한 말투로 말했다.

"난 당신 식구들을 영원히 이해할 수 없을 것 같아. 당신은 은행가였던 조상들, 광활한 토지, 바람에 흔들리는 히스 덤불, 자수정 채석장, 사교계 여인이었던 할머니들이 그렇게도 자랑스러워? 솔직히 내 눈엔 지독한 착취자들로밖엔 안 보이는데. 자신들의 빈약한 교양에 우쭐해하는 산업의 기사들, 무작정 긁어모은 수집품들, 아무도 읽지 않는 낡아빠진 고서들, 멧돼지 가죽 장갑을 끼고 가부장적인 연설이나 해대며 어설프게 자기를 합리화하려드는 자본가들과 고급 매춘부들. 당신은 어떻게 이 하찮은 것들을 모두 다 받아들이면서도, 다른 한편으론 공공연하게 좌파이며 민주주의자라고 떠들고 다니는 거지? 그뿐인가, 방사선사와 의사 조합에서도 급진적인 분과에 들어가서 누구든 보철치료를 받을 권리가 있다며 투쟁까지 하고 있잖아?"

"에티엔, 제발 그만하게." 마르타의 어머니가 말을 막았다. "우리 집에 머무는 동안만이라도. 난 아직 귀가 완전히 먹지 않았어. 그 프티부르주아적인 사고방식은 자네 혼자서만 갖고 있었으면 좋겠네. 사회학 지식도 그만 좀 뽐내고. 그러는 게 좋을 거야. 정말이지, 부모가 자식의 결혼을 주선해줄 수 있던 때가 얼마나 그리운지!"

노인은 소파에 눕다시피 한 채, 바닥에서 봉제 토끼 인형을 주워 부채질을 하고 있었다. 난 생각했다. 건강하시기도 하지!

테라스로 향하는 유리문이 덜컹 소리를 내자 모두들 깜

짝 놀랐다.

"귀신이다!"

마리산드라가 소리 지르더니 깔깔대고 웃었다.

아이들은 다 사라지고 없었다. 큰 여자애들 네 명은 텔레비전을 켜놓고, 무릎 위에 세쌍둥이를 앉히고는, 새로운 놀이를 가르쳐주고 있었다. 그림 형제의 동화에서처럼 여자애들이 일곱 명이나 모여 있는 걸 보니 좀 겁이 나기까지 했다.

"십 분 후에 식사다!"

마르타가 큰 소리로 외치고 내 뒤에 앉았다. 난 '1948~1949'라고 써 있는 앨범을 집어 들었다. 모든 앨범 위에는 연대가 적혀 있었다. 난 원래 사진을 싫어하지만, 이번엔 두려움과 감동까지 느끼며 앨범을 한 장 한 장 넘겨보았다.

어느 상황에서나 확실한 증거가 필요하다. 거짓 증거. 어떤 일도 사진 속의 장면처럼 일어나진 않았다. 그러나 세월이 흐르면 사람들은 사진을 기억한다. 오로지 사진만을. 사진은 행복한 과거를, 햇빛이 내리쬐는 휴가를, 포옹하고 있는 부부를, 관능의 쾌락으로 머리가 헝클어진 연인을, 해변에서 행복에 겨워 소리 지르며 달려가는 아이들을 담아낸다.

사진은 싸우지도 않고 승리를 거두는 거짓말이다. 스탈린적인 발명품이랄까. 사진 속에는 지겨운 파티, 냉기가 도는 슈퍼마켓에서의 을씨년스러운 쇼핑, 숨 막히는 식사, 형제자매 간의 다툼, 치유할 수 없는 환멸, 이혼의 징후, 일상의 권태, 비 오는 날 같은 것들이 절대로 없다. 우리는 사진을 보며 아쉬워할 가치도 없는 과거를 아쉬워하게 된다. 좋아한 적도 없고, 그럴 가치도 없는 순간들 때문에 눈물을 흘리기도 한다.

마르타는 흥분하여 볼이 빨개진 채로 사진 속에 등장하는 창백한 여자들의 전설적인 삶을 들려주었다. 하늘하늘한 드레스, 그 사이로 보이는 흰 바지, 구애하는 남자들의 영국식 반바지, 밀짚모자, 파나마모자 등에 관한 이야기가 끝도 없이 이어졌다.

난 뭔지도 모르는 브르타뉴 지방의 벌레들에게 물려가면서도, 사진 속 정황과 사람들의 이름에 대해 몇 가지 질문을 하곤 했다. 그러면서 이 집안을 지배하고 있는 논쟁적인 분위기에 나도 모르게 빠져들어 이렇게 말했다.

"사진들을 보고 있으니까, 니콘 카메라로 중무장했던 어떤 남자가 생각난다. 작년 어느 날 베그메일의 해변에서였어. 남자가 불쌍한 약혼자에게 물의 요정 포즈를 취해보라고 했지. 파도 속에서, 그다음엔 허리까지 오는 물속에서. 팔을 좀 들어라, 엉덩이를 좀 틀어라, 젖가슴을 손으로 잡아라, 이젠 나와라, 앉아라, 자연스럽게, 더 자연스럽게, 섹시하게, 더 섹시하게, 손을 모래 속에 집어넣어라⋯⋯. 여자가 결국엔 못 하겠다고 했어. 여자는 모래를 참을 수 없었거든. 사실 여자는 남자의 온갖 별난 요구들을 다 따라주려고 했어. 영화를 찍는 거라고 생각했지. 여자가 무슨 생각을 했을까. 아마 아무 생각도 안 했을 거야. 꿈같은 휴가, 사랑, 섹스⋯⋯. 하지만 그 섹스에 모래는 빠져 있었겠지. 모래는 산뜻하지가 않거든. 살 속으로 들어와서 간지럽게 하니까."

모두들 날 쳐다봤다. 으제니오는 자기 양말만 뚫어지게 들여다보고 있었다.

"아무튼 누크 언니는 전에도 무슨 일에든 다 부정적이었던 게 기억나네요."

마리산드라가 말했다. 난 그녀가 해변에서 엉덩이를 흔

들어대는 모습을 상상해봤다.

"그런 건 아냐. 그냥 한번 해본 소리지."

내가 더듬거렸다.

"밥 먹자!"

마르타가 부엌에서 또다시 소리쳤다.

거실 구석에 있는 커다란 나무 테이블에 모두들 둘러앉았다. 테이블 가운데 뒹굴던 호랑가시나무 다발을 누군가가 방바닥으로 내려놓았다.

"저거, 분명히 오 분 안에 쓰러진다!"

에티엔은 속으로만 웅얼댔을 뿐, 아무런 말도 행동도 하지 않았다. 그가 못된 건지 아니면 비겁한 건지 알 수 없었다. 바야흐로 여자들의 만찬이 시작되려는 참이었다. 아니, 이 말에는 모순이 있다. 원래 그러는 건지 몰라도, 여자들은 모두 다 서 있었고, 그중의 절반은 부엌에 가 있었던 것이다.

"저녁엔 욜랑드가 없어서 간단하게 먹고 말아요." 내 옆에 앉아 있던 안솔랑주가 설명했다. 그러고는 덧붙였다. "난 그냥 앉아 있을래요. 마르타, 마리산드라, 카트린, 세 사람이면 상 차리는 데 충분하잖아요."

안솔랑주는 자기가 움직이고 싶어도 움직일 수 없다는 걸 모르는 듯했다. 그녀의 세쌍둥이 아기들은 각자 엄마의 치맛자락에 매달려 거대한 닻을 이루었지만, 그것 역시도 의식하지 못하는 것 같았다. 모이라, 미나, 멜리사 밑에 짓눌린 채, 아이들의 놀이터 역할을 하는 것에 어지간히 익숙해진 모양이다.

카트린이 연어 요리를 들고 들어왔다. 마리산드라는 자전거 바퀴만 한 호박 그라탱을 갖다놓았고, 마르타는 아이들을 위해 얇게 썬 햄과 조개 모양의 파스타를 내놨다.

매일 똑같은 일을 되풀이한다는 건 얼마나 피곤한 일인가. 갑자기 이 초대를 받아들인 게 후회스러워졌다. 아무 일도 안 했는데 벌써 진이 빠지고, 설거지에 미리 질려버렸다. 애들 울음소리, 내일 장보기, 또 다른 식사들, 수없는 식사들, 어느 것 하나 허술한 데 없이 빛나고 완벽해야 할 식사들.

갑자기 마르타의 어머니가 나에게 다정하게 말을 걸어왔다. 처음 도착했을 때부터 눈에 띄던 녹색 리본이 달린 주황색 블라우스의 단추를 만지작거리면서.

"우리 딸한테 들었는데, 아이가 하나뿐이라지? 난 애

가 넷이야. 딸만 넷. 그리고 손녀가 일곱 명이지. 난 자식 키운다는 게 어떤 건지를 한 번도 생각해본 적이 없는 것 같아. 그렇게 힘들이고 걱정하며 키웠지만, 결과적으로 남은 게 뭐가 있어, 안 그래? 앙리는 이 년 전에 세상을 떴지. 마지막 순간에 날 원망하더군. 자기는 평생 이름을 잃은 채로 살았다고. 오십이 년 결혼생활 끝에 혼자 남는다는 게 얼마나 외로운지 아무도 모를 거야. 물론 난 돈이 있어. 친정에서 물려받은 거지. 그 때문에 우리 집에선 앙리를 받아들이지 않았고. 그런데 난 그이가 친정에서 모욕당할 때에도 보호해준 적이 거의 없어. 그이가 다시 살아와준다면, 마지막 동전 한 닢까지도 다 줘버리고 싶은 심정이야."

노인은 내 찻숟가락을 가져가더니 검버섯이 피어 있는 손가락 사이에 끼우고는 비틀어댔다.

"그건 제 건데요, 어머니 걸 쓰시죠!"

내가 말해주었다.

때때로 노인들의 인생 역정에는 가슴을 저미는 뭔가가 있었다. 으제니오는 두려움에 가득 찬 눈으로 노인을 쳐다보고 있었다.

"엄마, 연어예요." 마르타가 접시를 채워주며 자기 어머니의 말을 끊었다. "엄마는 잘 드셔야 한다는 것 아시죠. 누크는 가만 좀 놔두세요. 엄마 말씀 듣고는 애 눈에 눈물까지 고였잖아요. 식사 자리에선 죽음에 관한 이야기는 하는 게 아니에요."

나는 내 푸른 도자기 접시 속에서 날고 있는 나이팅게일들을 열심히 들여다보고 있었다. 마리산드라가 웃음을 터뜨렸다.

"아버지한텐 금지 목록이 있었지. 죽음이나 병 이야긴 물론이고, 생리현상에 관한 이야기도 절대 할 수 없었어. 너무 천박하다고 생각하셨거든. 남들에 대한 쑥덕공론도 옳기면 안 되고, 섹스 이야기도 안 되고, 무례한 이야기, 종교 이야기도 안 됐어. 저명인사들의 시시콜콜한 비화 같은 것도 안 됐고. 조니 할리데이의 새 약혼자에 대한 험담 같은 건 재미로라도 입에 올리면 안 됐어. 경제, 그거야 좋지. 일반적인 관심사나 사회문제에 대한 논평도. 폭력이니 환경오염이니 공교육, 반일 근무제 등에 대한 토론도 환영이었지. 그렇지만 자기 아이들 자랑을 해도 안 되고, 동료들 흉을 봐도 안

224   엄마의 크리스마스

되고, 그러니 무슨 재미있는 이야기가 있었겠어, 어휴!"

카트린은 아버지 생각에 빠져 있는 듯했다.

"요즘 사람들은 주로 텔레비전에서 본 걸 갖고 이야기 하잖아. 우리 아버지도 그것까지는 미처 금지하지 못하셨지. 그런 게 있으리라고는 생각도 못 하셨으니까."

여자아이들은 테이블 양쪽 끝에 앉아 아무 말 없이 먹고만 있었다. 멍한 표정들이었다.

"애들한테 이가 있어, 넷 다. 머리가 이투성이라니까."

아이들을 계속 쳐다보고 있던 카트린이 갑자기 말했다.

"무슨 뚱딴지같은 소리냐. 전쟁 이후로는 이가 다 없어졌는데!"

노인은 소리치며 잘게 씹은 연어와 생선 가시와 그라탱을 한꺼번에 뱉어냈다.

"아무튼 애들한테 이가 있다면, 그건 너희 애들이 우리 애들한테 옮긴 거야! 하긴 놀랄 것도 없지. 네가 하고 사는 꼴을 보면!"

마리산드라가 외쳤다.

연어는 한 조각도 안 남았고, 에티엔은 그라탱 접시를

싹싹 긁고 있었다. 모이라, 미나, 멜리사는 엄마 앞에 햄 조
각들을 늘어놓고는 책을 가지러 갔다. 큰애들과 으제니오는
어느새 사라지고 없었다. 텔레비전 소리가 들려왔다.

"난 저렇게 못되고 버르장머리 없는 애들은 처음이야."

노인이 중얼거렸다.

"엄마, 제발."

마리산드라가 퉁명스럽게 말을 막았다.

남편들은 다들 어딜 간 건지 궁금해졌다.

저녁 식사가 끝나자, 세쌍둥이는 크리스마스트리 아래
자리를 잡고, 엄마한테 들러붙어 전나무 잎으로 엄마를 찔
러대느라 정신이 없었다. 엄마를 아예 전나무로 변신시키고
말 작정인 것 같았다.

"안솔랑주는 진짜 참을성이 많아!"

커다란 소파로 돌아가 앉은 노인은 저녁 때 마신 포도
주 때문에 열이 나는지 또다시 봉제 토끼 인형으로 부채질
을 했다.

마르타는 설거지도 할 겸, 나랑 이야기도 나눌 겸, 날
부엌으로 끌고 들어갔다. 우리는 창문을 열어놓고 예전처럼

창틀에 걸터앉아 담배를 피우기 시작했다. 마르타는 여전히 대가 센 사람들이 좋아하는 필터 없는 폴몰을 피웠다. 나는 박하향이 나는 피터 스티브장 라이트를 피웠다. 내가 꼭 매춘부가 된 것 같았다. 이 말의 정확한 의미도 잘 모르지만. 파도 소리가 떠나갈 듯 시끄러웠다.

"밀물이다!"

마르타가 자랑스럽게 말했다. 그녀의 그런 모습은 예전에도 본 적이 있다. 승마 대회에서 그랑프리를 탔을 때, 혼자서 해안을 일주했을 때, 혹은 고물 노를 저어서 20km나 항해했을 때. 그런 자부심을 나는 속으로 '니체적'이라고 불렀다.

"전에 다람쥐 사냥을 다니던 것 기억나니?"

너무나 오래된 추억을 떠올리느라 우리 둘 다 조용해졌다. 우리는 더러운 접시에 담배꽁초를 눌러 끄고 대대적인 설거지를 시작했다. 크기 순서대로 쌓아놓은 접시들과 컵들을 헹군 뒤 수저들을 씻었다. 그다음 단계는 체계적인 건조. 설거지도 장인들처럼 숙련되게 하면 명상 못잖은 고귀한 활동이며 마음을 평온하게 해준다.

"남편들은 다 어디 갔니?" 내가 마침내 물었다.

"내 남편은 분명히 여기 있는데, 네 남편이야말로 어디 갔니?"

마르타는 내가 자기 가족을 공격하기라도 한 것처럼 퉁명스럽게 대꾸했다.

"네가 나보다 더 잘 알잖아!" 내가 우울하게 대답했다. "알퐁소한테서 아무 소식도 못 들은 지가 얼마나 오래됐는데." 믿고 싶진 않지만 사실이었다.

사람들은 곧잘 자기가 하는 말의 파장도 모른 채 쉽게 입에 올리곤 한다. 마르타도 자기 말이 좀 지나쳤다고 생각했는지 아니면 화제를 잘못 선택했다고 생각했는지 어조를 바꾸었다. 그러곤 갑자기 카트린의 이야기를 들려주기 시작했다. 가엾은 카트린의 유별난 사연이었다.

"너도 기억하지, 예전에 모두들 걔를 '성녀 카트린'이라고 불렀잖아. 그러면 걔는 막 울면서 대들었지. 우리 때문에 자기는 결혼도 못 할 거라고. 하지만 그런 일은 있을 수 없었어. 카트린은 너무 예뻤고, 아버지 말씀처럼 새끼 생쥐들 가운데서 제일 귀여웠으니까. 걔는 아름다우면서도 진지했어. 법과대학에 다닐 때 모든 남자들이 걔한테 무릎을 끓었지만 개 눈에는 아무도 들어오지 않았어. 자기 방에다가 커다랗게 써 붙였대. '여자들은 깨어났다. 더 이상 백마 탄 왕자님은 필요 없다.' 하루 종일 그 말을 외고 다녔다지. 그런데 실은 오로지 그 생각만 하고 있었던 거야. 백마 탄 왕자님 말이야. 어떻게 하면 왕자님에게 걸맞아질 수 있을까만 궁리했지. 개 생각엔 그게 가치 있는 일로 보였나봐. 그래서 악착같이 공부를 했어. 그러다가 사샤, 아니 진짜 이름은 장피에르인데, 그 남자를 만나는 순간, '바로 이 남자다' 생각한 거야. 그래서⋯⋯."

"마르타, 지겹다."

나는 유리컵 닦는 솔에 너무 힘을 주는 바람에 컵을 깨뜨리며 말했다.

"그런 이야기라면 수도 없이 많이 들었어. 카트린의 결혼이 뭐 그렇게 특별하니. 보나 마나 네 동생은 성녀들이 다 그렇듯이 좀 별났을 테고, 그래서 개 남편은 지쳤겠지. 사샤라는 그 남자 말이야⋯⋯."

마르타는 자기 이야기를 듣게 하려고 날 똑바로 쳐다보았다. 내게서 눈가리개를 벗기고, 틀에 박힌 생각들로부터 벗

어나게 하고 싶었던 것이다. (둘 다 같은 소리지만.) 마르타
는 늘 내가 서 있을 자리를 자기가 미리 정해놓았고, 나 자신
도 거기서 멀리 벗어나지 않는 편이 좋다는 걸 알고 있었다.

　"카트린과 사샤는 '동유럽 국가들에서 자본주의의 가
능성과 환멸'이라는 주제로 열린 세미나에서 만났어. 그 후
몇 년 동안은 낭만적인 전원시가 이어졌지. 사랑, 투쟁운동,
공통의 신념, 사랑과 우정의 뒤섞임, 거기에 냉소적인 사람
들 특유의 삐딱함까지 덧붙어서. 어디서나 남을 가르치려들
고 흥을 깨뜨리는 사람들한테서 보이는 그런 빈정거림 있잖
아. 사샤는 훌륭한 웅변가였어. 그는 카트린의 지성을 높이
사서 걔를 '나의 귀여운 빛, 스베트라나'라고 불렀지. 하지만
세월이 흐르고 딸들도 자라면서 카트린은 점차 광채를 잃어
갔어. 빛나기는커녕, 활기를 잃어버린 거야. 고등학교 2학년
학생들의 경제학 숙제를 검사하면서도 의욕이 없었어. 경제
사회학, 화폐의 탄생, 국내시장, 맬서스의 부활, 1929년의 경
제 위기, 비트와 사탕수수라는 두 적수, 채무가 가계소비에
끼치는 영향, 농업소득의 감소, 사양산업이 되어버린 철강
업, 경제와 환경보존…… 카트린의 눈을 빛나게 하고 새로운

　　　엄마의 크리스마스

날들을 예고해주던 이런 질문들이 결국은 개를 가두는 창살이 되어버린 거지. 희망 없는 일상, 세세한 계획, 세세한 계획 이상의 그 무엇도 아닌 것, 반복적인 논설, 철자의 오류에 대한 변명, 자명한 이치와 상투적인 말들뿐이었어. 그래서 사샤는 특별한 일을 저질렀어. 아내를 위해 방 하나를 마련해준 거야. 거기서 논문 준비를 할 수 있도록 말이야. 사샤가 그랬어. '당신은 당신을 인정해야 해. 이젠 당신 머리카락이 방바닥이나 베개나 내 윗옷에 떨어져 있는 걸 좀 안 봤으면 좋겠어. 난 그걸 볼 때마다 너무나 절망적인 기분이 들거든.' 그는 작은 목소리로 이런 말도 했지. '당신은 나와 아이들, 학생들한테만 너무 열중해 있어. 빛나던 당신의 눈은, 윤기나던 당신의 피부는 어디로 간 거야? 당신 생각을 해야 해. 당신의 경력을.' 그가 마련해준 방은 지하실에 있었어. 왜냐하면 다른 장소가 없었거든. 그 방은 빛이 잘 들어오도록 유리로 천장을 만들었어. 왜, 수영장에 가면 있는 굉장히 두꺼운 유리 있잖아. 자유의 지하실이 다 지어진 뒤로 집을 드나드는 사람들은 카트린의 유리천장 위를 걸어 다녔지. 카트린은 자기 관 속에 즐겁게 자리 잡았고."

"백설공주의 관 이야기구나! 그러니까 백마 탄 왕자님도 결국엔 공주를 다시 잠재운다 이거지?"

내가 모범생처럼 조심스럽게 반응을 보이자, 마르타는 뜻밖에도 쓴웃음을 지었다.

"그리고 장피에르라는 작자는 떠났어. 떠났다고. 주소 하나 안 남기고. '나도 어쩔 수 없었어. 나도 내 삶을 찾아야겠어.' 이게 그 사람이 남긴 편지 내용의 전부였어. 대체 자기 삶이 뭐 어쩼다는 건지. 제기랄, 관두자. 가만, 이야기는 이쯤 해두고, 내가 전화할 데가 있거든. 부둣가의 공중전화에 가봐야 해. 누가 날 찾으면 산책 갔다고 해줘."

설거지는 마무리됐다. 부엌이 반들거렸다. 마르타에게 겁이 났지만, 왜 그런지는 알 수 없었다. 나는 아직 남아 있는 깨진 유리 조각들을 두세 개 줍고는 다시 창가에 앉았다. 아무 생각 없이 계속 숲만 바라보고 있으면 어떤 응답이 올 것 같은 괴상한 희망에 젖어서. 까마귀들이 물결과 어우러져 세레나데를 불렀다. 올빼미도 한 마리 있었다.

거실에선 할머니, 안솔랑주, 에티엔 그리고 아글라에가 막 게임을 시작하려던 참이었다.

엄마의 크리스마스

"여기 와 앉아." 에티엔이 종이 한 장과 검은색 사인펜 하나를 건네주었다. "여기다가 아글라에가 부르는 단어의 뜻을 쓰는 거야."

마리산드라의 맏딸인 아글라에는 입술이 얇은 게 시바 여왕과 닮았다. 아이는 인도 풍의 천으로 덮인 긴 의자에 깊숙이 앉은 채 우리를 보았다. 장딴지 사이엔 사전이 하나 놓여 있었다.

"첫 번째 단어는 '카르툴리'입니다. 각자 이 말의 뜻을 써보세요. 그러면 내가 사전에 나와 있는 뜻을 읽을 테니까, 자기가 써놓은 뜻을 사전의 뜻에 걸맞도록 그럴듯하게 설명하는 거예요."

주위가 조용해졌다. 이 분간의 침묵이었다. 그리고 아글라에는 감정이 전혀 드러나지 않는 표정으로 사전에 나와 있는 뜻을 읽었다.

"카르툴리, 폴리네시아 제도에서 나온 향수의 일종. 카르툴리, 아프리카에서 뼈를 가지고 하는 놀이. 카르툴리, 류머티즘과 근육수축증을 치료하기 위한 매우 오래된 의학기술. 카르툴리, 사랑을 고백하기 위해 매우 엄격한 규칙에 따라 추는 그루지야의 춤."

어디선가 비명 소리가 들려왔다. 소리는 2층에서 난 것이었다. 마리산드라의 목소리였다.

"별것 아닐 거야." 에티엔은 꿈쩍도 않은 채 나를 슬프게 쳐다보며 말했다. "마리산드라는 연극하길 좋아하거든."

여자들은 모두 계단 쪽으로 달려갔다. 마리산드라가 내려오더니 손에 쥐고 있던 흰 냅킨을 테이블 위에 확 펼쳐 놓았다.

냅킨은 아주 작고 검은 시체들로 뒤덮여 있었다. 이가 수백 마리는 되어 보였다.

"카트린 짓이야. 내가 보지 않으면 안 믿을 거라면서 이걸 가져온 거 있지. 이들을 쭉 늘어놓은 것 좀 봐. 방금 전에 욕실에서 소냐랑 같이 한 짓이래. 끔찍해. 사샤가 널 차버린 것도 이해가 된다!"

카트린과 소냐가 만든 예술작품은 정말 재미있긴 했다. 현대미술과 이는 예기치 못한 반응들을 일으킨다는 점에선 닮은 데가 있었다. 마리산드라는 커다란 테이블 가에 앉더니 울음을 터뜨렸다.

　　　　　엄마의 크리스마스

"게임은 끝났습니다." 아글라에가 말했다. "카르툴리는 사랑을 고백하기 위해 추던 그루지야의 민속춤이래요. 이제 전부 가서 자야겠어요, 엄마!" 그러고는 제 엄마의 어깨를 붙들었다. "엄마, 이제 또 아빠한테 전화해서 다 이를 거지?"

아글라에와 마리산드라가 한쪽으로, 카트린과 소냐가 다른 쪽으로, 아가씨와 어머니가 짝지어 가는 모습을 나는 물끄러미 바라보고만 있었다.

마르타는 아직도 부둣가의 공중전화에서 돌아오지 않았다. 역시 그녀는 대담했다. 여자의 흐트러진 머리카락이 눈앞에 떠올랐다. 불륜을 저지르는 여자, 아니 자유분방한 여자의 머리카락이. 우리는 이렇게 스스로도 모르는 새에 자유와 일탈을 동일시하고 있었다. 애무를 기막히게 해준다던 제이슨 생각을 떨쳐버릴 수 없었다. 언제나 사는 데 지쳐 있는 에티엔, 멀리 떠나버린 식인귀 사샤, 죽어버린 앙리, 이 유령들은 모두 우리에게 무엇을 원하는 걸까? 그리고 피에르장, 우리 모두가 '불쌍한 피에르장'이라고 불렀던 남자는 지금 놀랍게도 마리산드라의 남편이 되어 있었다. 그리고 내 마음속에 남아 있는 유령 알퐁소는 아주 오래전에 사라졌지만, 난 이제 그가 왜 사라졌는지조차 알고 싶지 않았다.

나는 까마귀가 보이는 우리 방으로 살짝 들어갔다.

큰 침대 위에 작은 몸뚱이가 의기소침하게 앉아 있었다. 으제니오는 울고 있었다. 벌써 몇 시간째 그러고 있는 것 같았다. 아이를 흔들었다.

"누가 우리 강아지를 이렇게 슬프게 했을까? 누가 널 괴롭혔니? 무슨 일이야? 무슨 일 있었어?"

나는 아이를 쓰다듬으며 얼러보았지만, 아이에게선 아무런 대답도 들을 수 없었다. 격렬한 흐느낌 말고는.

"제발 부탁이야, 으제니오, 말 좀 해봐."

아이가 대답했다.

"엄마, 난 무서워. 난 마르타 아줌마가 내 대모라고 해도 싫어. 아줌마가 우릴 아무리 잘 보살펴준다고 해도 싫어. 너무 날카롭고 지독하고, 성벽처럼 높단 말이야. 아줌마네 엄마는 더하고."

아이가 이처럼 우는 진짜 이유는 그게 아니라는 걸 난 알았다. 고통이나 상실 없이는 이런 식으로 울 수 없다. 누가

엄마의 크리스마스

죽기라도 한 듯이 우는, 그런 울음. 누가 죽었을 때, 울고 싶다는 마음도 없으면서 억지로 울 때가 있다. 그러다가 훨씬 뒤에서야, 눈물이 아무런 예고도 없이 불쑥 찾아온다. 그렇게 찾아온 눈물은 아픔을 주고 가슴을 후벼판다. 난 으제니오에게도 그렇게 이야기해주었다.

"꼭 그런 건 아냐. 반대로 울음이 미리 나올 때도 있어. 다 울고 난 뒤에 엄마가 날 내팽개쳐버리는 거지. 엄마는 내가 없어졌다는 것도 모르고 있었지? 난 엄마가 금방 올 줄 알았는데, 엄마는 날 잊어버린 거야. 마르타 아줌마네 식구들이 엄마를 뺏어가버렸다고."

으제니오는 이제 울음을 그쳤다. 아이는 아래를 내려다보며 목소리를 낮추고 말했다.

"엄마는 언제나 뭘 몰라. 아빠도 전화로 그랬어. 엄마는 나와 정상적으로 살 줄을 모른다고. 엄마는 좀 미쳤대. 아빠가 들은 소문으로는 그렇대. 언제나 우리 둘만 있는 건 굉장히 위험한 거라고 했어. 아동문제나 가족문제 전문가들이 다들 그렇게 말한대. 아빠가 나한테 '네 생각은 어떠니, 넌 그렇게 생각 안 하니?' 하고 물었어. 엄마, 정말 그럴까? 전에 아빠가 마르타 아줌마랑 전화로 이야기하는 걸 들었거든. 그때 엄마는 너무 마음이 여려서 위험하다고 했어. 엄마한테도 그렇고, 나한테도 그렇고. 그건 유전된 심리상태 때문이라고 했어. '비현실성의 유전자'라나. 그때 들은 말들이 전부 다 내 머릿속에 박혀서 지워지질 않아."

나는 아이의 말은 믿지 않은 채, 그저 아이를 바라보고만 있었다. 한밤중인데도 밖에선 갈매기들이 울기 시작했다.

갑자기 추워졌다. 방에서 뭔가 썩는 듯한 냄새가 났다. 외로움이 파도처럼 몰려와 날 삼켜버렸다.

"엄마, 불 좀 켤 수 없어?"

으제니오가 물었다. 이제 눈물도 다 마른 듯했다. 아이는 초벌 바르기만 끝낸 흙벽에 기대놓은 얄팍한 흰 베개에 등을 대고 무릎을 굽힌 채 침대 위에 앉아 있었다. 흙이 묻어나는 이런 벽을 생각해낸 작자는 도대체 누구인지 궁금해졌다. 어떤 미친 사람? 위험한 가학주의자? 아니면 괴팍한 쇼펜하우어의 제자이든가. 그런 이들은 서로 멀어지면 춥다며 떨고, 가까이 있으면 서로를 할퀴어댄다. 녹색 금속 스탠드 두 개가 야윈 목을 우리 쪽으로 꼬고 있었다. 나도 아들과 대칭으로 무릎을 굽히고 앉았다. 눈앞에는 마른 수국 꽃잎들이 거대한 푸른 그늘을 이루고 있었다. 이젠 거무스름하게 변해버린 꽃들, 영원히 변치 않을 무심한 잿빛 천사 같은 그 꽃들이 이 방에 있는 유일한 장식이었다. 왠지 유령이라도 나올 것 같은 기분이 들어 라디오를 켰다.

라디오에선 누구든 즐거워하기만 할 뿐 두려워하는 기색이 없다. 그들은 끊임없이 이야기를 나눈다. 가끔은 말실수나 엉뚱한 소리에 미친 듯이 웃어대기도 한다. 눈에 보이지 않기 때문에 심각할 게 아무것도 없다. 진지한 척하려면 얼마든지 진지해 보일 수도 있다. 눈가에 어린 그늘도, 겁에 질린 눈도, 늙어가는 몰골도 전혀 보이지 않으니 영원히 변치 않는다. 그들은 공놀이하듯 서로 생각들을 주고받는다. 생각이야말로 고뇌를 뿌리치는 최상의 무기다. 뭔지도 모르는 것들에 관해 이야기하는 두세 사람의 경쾌한 목소리들, 그건 일종의 놀이다. 주제에 접근하고 연속되는 말들 뒤에 감춰져 있는 것을 찾아내는 놀이. 호기심을 좇아가다보면

엄마의 크리스마스

자기가 누구인지조차 잊게 된다.

분간할 엄두조차 나지 않는 다양한 목소리들은 여러 부류의 사람들을 떠올리게 했다. 작가들, 화가들 그리고 트루먼 카포트나 사진작가 리차드 아베든 같은 이들에 의해 모습이 영원토록 남게 된 사람들까지. 대화는 순식간에 주제에 접근했다.

"속세에도 성인들이 있어요. 강박관념에 시달리고 인간존재의 딜레마에 사로잡혀 있는 사람들이요. 고갱이 그랬다고요? 맞는 말씀이에요. 인간의 가장 근원적인 욕구를 강박관념이라고 부르고 싶다면 말이죠! 늙어가는 것 그리고 살아가는 것 혹은 삶을 멈추는 것, 아름다움을 영원토록 간직하는 것, 이런 것들이요. 기 드보르가 이미 말했지 않습니까? 허튼소린 관둬라, 그러지 않았던가요? 부탁합니다만, 돌아가신 분의 말씀을 멋대로 써먹진 마십시오! (소란) 아니면 눈이나 릴케, 백조 혹은 다만 어느 한순간을 위해 모든 걸 희생하는 것, 그런 걸 상상하실 수 있습니까? 거짓말이에요, 거짓말, 절대 거짓말이에요! 소설이란 무엇보다 남들과는 다른 시각이 중요한 것 아닙니까? 광고에 관해서도 그렇게 말할 수 있겠죠. 화가, 여인, 시인, 아이 그리고 재로부터 끊임없이 부활해 나오는 편협한 신앙심을 가진 성녀들이여, 지금 웃고 계십니까? 권력자들, 살인자들이 우리에게 감추고 있는 것의 백 분의 일만이라도 알 수 있다면 우리는 살인자들의 손에 있을 것이다, 하고 랭보가 말했죠. 더러운 구멍 속에 처박혀 있는 건초더미 같은 놈! 편집증도 그보다 더 위험하진 않아요, 바로 그게 문제죠! 시대를 통틀어 모든 공식적인 시인들이 지은 알렉산드리아니즘 율격보다 한 명의 어린이 안에 더 많은 시가 들어 있지 않을까요? (웃음, 컵 부딪치는 소리, 재떨이 부딪치는 소리) 그리고 뭔가 창조해야 한다는 구속감을 느끼지 않는 사람이 진정한 창조자가 될 수 있으리라고 믿으십니까? 마담 세비녜의 책을 다시 한번 읽어보세요, 스스로 그녀가 되어본다면 더할 나위 없이 좋겠죠. 아름다움에 대해 뭘 알고 계십니까? 아름다움은 비극적이라는 거요? (웃음) 카렌 블릭센의 얼굴을 한번 생각해보세요, 그 여자의 검은 눈을요. 고통은 결코 우리가 선택하는 게 아닙니다. 시를 쓴답시고 폼 잡는 분이 계시다면 시 근방에도 못 갈 거라는 걸 아셔야 합니다. (웃음, 손가락 마디 꺾는 소

엄마의 크리스마스

리, 이빨 부딪치는 소리, 컵 부딪치는 소리) 당신은 굉장한 얀선주의자로군요! 타고난 천성, 이건 이야기하자면 아주 간단해요. 전 하루 네 시간씩 책상 앞에 앉아 있지 못하면 머리가 다 아프고, 글을 안 쓰고는 배길 수 없는데, 이걸 보면 역시 전 예술가라는 걸 느끼게 되죠. 진정한 도덕은 도덕을 비웃습니다. 그리고 이런 질문을 던질 필요조차 없다면, 장미가 장미인 데는 이유가 없다는 말로 대신하죠. 우리 시대는 인간이 오로지 자기 자신을 위한 노동, 지극히 성스러운 성실한 노동을 하는 것이 불가능해진 시대입니다. 그렇지 않다고 말하는 사람들이 있다면 그건 거짓말쟁이들이죠. 작가들은 배우의 얼굴을 하려고 해요. 그게 얼마나 끊임없이 신경써야 하는 일인지 아세요? 특히 여자들한테요. 그뿐인가요, 주교들, 추기경들, 교황들까지도 영화를 찍고 있어요. 여러분, 숲속에 감춰져 있는 여러분의 작은 돌의자에 가서 앉아 보세요!"

"엄마, 라디오 좀 꺼도 돼? 아니면 〈펀 라디오〉를 틀든가."

난 전에 이미 〈펀 라디오〉만큼은 도저히 못 듣겠다고

으제니오에게 선언했다. 둘이 함께 듣는 건 더더욱 싫다고. 그 방송은 구역질이 났다.

"그건 세대 차이야" 하고 니콜은 지적했다. 그녀는 라디오방송에 나타나는 청소년과 성 문화 문제에 관해 논문도 쓴 적 있다. "넌 애들이 듣는 것처럼 듣질 못하는 거야. 웃자고 하는 소리도 정색으로 비판하려들고, 장난하는 것 같고도 심각하게 받아들이니까 문제지."

니콜에겐 모든 게 다 세대 간의 문제로 보였다. 세대 차이야말로 이데올로기, 계급투쟁, 여성해방운동, 정신분석, 청소년문화 등을 대신하는 진일보한 개념이자 과거를 해석하는 틀이었다. 니콜을 떠올리자 마음이 푸근해졌다. 아니, 정확히 말하자면 내 사무실, 내 둥지, 내 닻, 내 안전을 떠올렸다는 게 맞을 것이다. 아마도 유일하게 나를 기다리는 사람이 있는 곳, 내 의자가 있고, 앞으로도 영원히 있을 그곳을 생각하니 마음이 편안해져서 공상에 잠겼다. 공무원. 재미있는 단어다. 너무도 평온하고 명료하다. 매일매일 똑같은 일이 똑같은 방식으로 되풀이된다는 점에서. 내가 자진해서 뛰어든 이 역겨운 늪지대로부터 멀리멀리 도망쳐버리고 싶었

엄마의 크리스마스

다. 바캉스, 가족, 웬 허황한 꿈이었나.

갑자기 기운이 났는지 으제니오가 따지고 들었다.

"난 〈펀 라디오〉가 참 재미있던데. 내 친구들도 다 들어. 거기선 별의별 이야기를 다 하거든. 전화하는 사람들 중에는 진짜 웃기는 사람들도 얼마나 많다고. 또 방송 듣다보면 새롭게 알게 되는 것도 많고 얼마나 재미있는지 몰라. 사람들도 다들 친절하고. 어떻게든 남을 도와주려고 하거든. 알아듣지도 못할 말만 계속 늘어놓는 그 꽉 막힌 노인네들보다야 훨씬 낫지. 그 사람들은 일부러 그러는 걸까 아니면 원래부터 그렇게 타고난 걸까? 그 사람들도 '비현실성의 유전자'를 갖고 있나?"

짜증이 솟구쳤다.

"그래, 그렇겠지. 따지고 보면 어떤 남자, 어떤 여자라도 그 유전자는 다 갖고 있어. 광기나 고독도 그 점에 있어선 마찬가지야. 누구한테나 다 해당되는 문제인데도 대부분의 사람들은 그걸 알고 싶어 하지도 않거든. 겁이 나니까. 아니면 그걸 견뎌낼 수도, 이해할 수도 없기 때문인지 모르지. 그래서 사람들한테 남는 건 심술밖에 없고, 사는 게 고달프기만 하고, 결국에는 분노 때문에 침대를 움켜쥐며 죽어가는 거라고."

으제니오는 면으로 된 하얀 침대 커버의 올 몇 개를 뽑아내 땋고 있었다. 청회색 수국 꽃잎이 빙그르르 돌더니 마치 쉼표처럼 우리 앞에 떨어졌다.

"라디오 두 개랑 헤드폰 두 개만 있으면 아무 문제 없을 텐데." 으제니오가 꿈꾸듯 말했다. "그런데 이건 무슨 소리지? 마당에 헬리콥터가 착륙하기라도 하나?"

나는 창밖을 내다보며 창문을 열었다. 소금기 섞인 찬 바람이 거세게 밀려들어왔다. 밖엔 아무도 없었다. 아주 멀리서 배들이 미끄러지고 있었을 뿐이다.

"이젠 자야지."

"분명히 악몽을 꿀 것 같아."

아이의 괴상한 표정이 다정하고 친밀하게 느껴졌다.

"엄마가 책 한 권만 읽어줘. 아니면 어렸을 때처럼 이야기를 하나 지어내서 해주든지. 그러면 악령을 쫓아낼 수 있다고 엄마가 언제나 그랬잖아."

"너 혼자서 읽을 수도 있잖아." 난 점잖게 대답했다.

"싫어, 난 읽는 건 질색이야. 그것도 다 엄마 때문이지만."

기가 막혔다. 그게 무슨 소리냐고 차마 물을 수도 없었다.

"넌 뭐든지 다 내 탓이지. 길에 나가 물어봐라, 그게 말이나 되는 소린가. 그야말로 어불성설이지."

"엄마, 제발 내가 못 알아듣는 말은 좀 쓰지 마. 마르타 아줌마가 그랬어. 내가 어렸을 때 엄마가 하도 책을 읽어주는 바람에 내가 정신적으로 독려하지 못했다고. 엄마가 해준 게 나한텐 하나도 도움이 안 됐다는 이야기야. 나한테 노력의 의미를 가르쳐주지 못했으니까. 난 엄마 배 속에 있을 때부터 너무 많이 읽었어."

"그래그래, 그거 말고도 엉터리 이론들이 많으시겠지." 나는 지나치다 싶을 만큼 쌀쌀하게 대꾸했다. "그리고 '독려'가 아니라 '독립'이지. 앵무새도 가끔은 귀 청소를 하셔야지!"

"앵무새한텐 귀가 없어!" 아이가 배꼽을 잡았다.

"무식한 사람의 게으름에 관해서는 누가 그렇게 잘 설명해줬니?"

역시 마르타일 게 틀림없었다.

"마르타 아줌마."

"마르타가 뭘 안다고 그래. 아줌마는 치과 의사잖아."

"심리학 공부도 했다던데. 아줌마는 아는 게 굉장히 많다고 아빠도 그랬어."

"아줌마는 애도 없는데! 그러면서 어떻게 전문가 행세를 한단 말이니?"

난 모욕감에 사로잡혔다.

"아빠가 그러는데, 아줌마는 일부러 아이를 안 갖는 거래. 세상 엄마들이 저지르는 온갖 잘못들을 다 알고 있기 때문에. 그거야말로 아줌마가 얼마나 지혜로운가를 말해주는 증거래."

"그렇겠지!"

나는 아이의 눈에 입을 맞췄다. 아주 오래전, 마르타와 내가 친구가 된 것도 엄마들 때문이었던 게 떠올랐다. 우리는 경쟁이라도 하듯이 자기 엄마를 욕했다. 우리가 다니던 고등학교 옆, 햇살이 내리쬐는 테라스에서 박하 음료를 마시면서. 그때의 라일락 향기도 생각났다. 엄마라는 족속들이란! 우리는 열변을 토했다. 문학작품들을 봐. 거기에도 순전히 엄마들의 죄악과 양심의 가책과 하소연과 무기력에 관한 이야기들밖에 없잖아. 벗어나야 해! 이게 우리의 지상 과제였다. 더 이상은 안 돼! 우린 절대로 그렇게 살면 안 돼!

마르타는 약속을 지켰다. 그러나 지금은 그녀 역시 여기서 가족과 함께 머물며, 어쭙잖은 가장 노릇까지 하고 있지 않은가. 나 역시 그녀와 함께 여기 있고. 밤에 안아줄 남자 하나 없이, 청승맞게 어린애 하나만 달랑 데리고서. 이건 우리가 꿈꿨던 모습이 전혀 아니다. 하지만 우리는 한 해가 다 저물어가는 스산한 이때에, 여기에 와 있는 것이다. 게다가 마르타는 엄마를 곁에 두고 있기까지 하다. 생각하니 쓴웃음이 나왔다. 돌이킬 수 없이 멀어져버린 우리의 과거 속으로 빠져드니 오히려 마음이 가라앉는 건 무슨 까닭일까. 추억 때문에 울어야 할 것 같은 순간에도, 오히려 추억이 마음을 진정시켜준다는 건 참으로 이해할 수 없는 일이다.

"완벽한 여성의 네 가지 원칙 이야기를 해줄까. 아주 아름답고 깊이 있는 이야기야."

"아이 싫어, 그 이야기는! 매일 듣는 거잖아. 그건 여자애들한테나 해줘야지. 난 요정들 나오는 이야긴 안 좋아해.

차라리 난쟁이 닭 이야기가 낫겠다."

으제니오는 몸을 웅크리고 이불 속으로 들어가버렸다. 나는 어느 농구클럽의 로고가 그려져 있는 아이의 잠옷 깃을 제대로 접어주었다. 그 소머리 그림은 아이에게는 신성한 의미를 띠고 있었다.

나는 난쟁이 닭 이야기를 시작했다.

꾀가 너무도 많은 난쟁이 닭은 왕에게 금화 백 냥을 꿔줄 정도로 부자인 데다 힘도 어찌나 센지 친구들을 모두 자기 목에 넣고 다닐 정도였다. '자, 여우야, 내 목에 들어와.' '강물아, 강물아, 내 목에서 나와, 안 그러면 난 길을 잃고 말아.' 이 두 구절이 으제니오가 가장 좋아하는 대목이었다. 재물을 아낄 줄 알고 우정도 잘 지키는 난쟁이 닭이 마침내 왕이 되어 백성들의 환호를 받을 때쯤, 아이는 내 손을 잡은 채 잠이 들었다. 하지만 아이의 손가락을 떼어놓자면 시간이 좀 필요했다. 지옥의 강물이 우리를 떼어놓는다. 아들아, 네가 겁먹지 않도록 내가 끝까지 옆에 있어주긴 하겠지만, 우리 손가락이 떨어지면 우리도 헤어질 것만 같구나.

정원에서 무슨 소리가 들렸다. 여럿이서 걸어가는 소리였다. 창밖을 내다보니 마르타와 동생들이 보였다. 네 여자들이 모두 망토를 두르고 횃불을 들고 있었다. 나지막한 소음은 여전히 들려왔다. 부르릉거리는 모터 소리가 집 안에서 울리고 있었다.

나도 그들과 합류했다. 물에 젖은 풀이 너무 얇은 내 신발을 뚫고 들어왔다.

"넌 자는 줄 알았지."

마르타가 내 팔을 잡으며 말했다. 이 애교 넘치는 우스꽝스러운 목소리는 지난번에 전화할 때도 들어본 적이 있다. 코미디언 같은 말투, 무척이나 심각하면서도 독특한 억양 때문에 웃지 않을 수 없는 말투였다.

"아버지 산소에 가보기로 했거든. 너도 가고 싶으면 같이 가자. 우리 아버지도 널 좋아하셨으니까."

마지막 말이 좀 우습긴 했지만 나도 따라가기로 했다. 줄지어 이동하는 여자들의 떼거리가 꼭 종교재판을 받는 속죄자들 같기도 하고, KKK 비밀결사의 작은 행렬 같기도 했다. 아니면 성 실베스트르 축일(12월 31일)에 앞서 미리 즐기는 축제랄까. 그런데 아무래도 감기에 걸릴 것 같았다.

"저녁 먹고 세탁기를 돌렸거든요. 여기선 빨래는 금방 금방 쌓이는데 마르진 않고! 으제니오가 자다 깨면 어떡하죠?"

안솔랑주가 내게 속삭였다.

"그거였구나. 우린 또 화성인들을 가득 태우고 온 헬리콥터인 줄 알았지!"

내가 떨면서 말하자 안솔랑주는 무슨 소리냐는 듯이 날 쳐다보았다.

마르타 아버지의 묘소는 정원의 낮은 지대에 있었다. 바다를 향해 펼쳐진 작은 풀밭 위에 울타리를 이룬 작은 관목들에 둘러싸여서. 여름엔 뽕나무들이 그늘을 만들어주었다. 그분은 거기서 혼자 쉬고 있었다. 묘비도 없었다. 단지 십자가 하나와 누워 있는 꽃들과 풀 속에 묻힌 조개들과 손녀들이 놓고 간 선물들뿐이었다. 매일같이 식구들이 빨래를 널러 오는 곳에 머물면서 끊임없이 자식들의 방문을 받는다는 건 참 좋은 일이다. 마리산드라는 매일같이 왔다. 막내딸이 아버지의 사랑을 가장 많이 받았다. 그녀는 어머니가 다른 걱정거리들로 힘들어할 때, 아버지의 벗이 되어주기 위해 학교까지 그만뒀다. 어머니는 맏딸 마르타와 비슷한 여장부였다. 무섭기도 하고 든든하기도 했던 마르타의 어머니는, 딸들에게도 인정머리라고는 없었고, 지칠 줄 모르는 여자였으며, 남편을 죽이는 여자, 아버지에게 딸들을 제물로 바칠 줄 아는 여자, 한마디로 클리타임네스트라였다. 그러나 오늘 밤, 이 늦은 시간, 어머니는 잠들어 있다. 커다란 베개 한가운데 위엄 있게 머리를 얹고 누운 채로. 밤사이에 세상을 떠나도 괜찮을 정도로 마음의 준비를 단단히 하고서.

"믿음이 충만한 상태에서 편안히 잠들려면 정신수양을 해야 해. 정말 힘든 일이지."

그건 노인의 가장 큰 자부심이기도 했다. 자손들을 위해 기도한 뒤, 그 나이에도 아기들처럼 오 분 안에 잠들 수 있는 것 말이다.

딸들은 보이지도 않는 무덤 위에 하나하나 차례로 모여든다. 딸들은 세상을 떠난 아버지가 집안 돌아가는 사정을 다 알도록 소식을 들려준다. 딸들은 아버지가 자기들을 돌보고 인도해준다고 믿는다. 마르타는 아버지가 없었다면 절대로 불가능했을 결단을 내린 적이 수도 없이 많다고 했다.

바다는 으르렁거리고, 구름은 달 위로 쏜살같이 지나가고, 돛대에 매인 줄은 바다 위에서 신음했다.

갑자기 여자들이 한꺼번에 일어나면서 의식도 끝이 났다. 이가 덜덜 떨렸다. 뭔가를 믿고 싶은 욕구, 세기말의 특징이라고 할 수도 있는 이 욕구는 간혹 이렇게 힘겨운 방식으로라도 표출되어야만 하는 건가.

"아버지가 네가 와줘서 반갑대."

마르타가 내게 팔짱을 끼며 특유의 목소리로 속삭였다. 난 어깨를 으쓱하려다가 참았다.

유리 현관문 너머로 보이는 거실의 불빛이 왠지 마술적으로 보였다. 헨젤과 그레텔이 우리의 꿈을 감시하는 것 같았다! 멀리서도 보이는 소파와 벽의 대리석 장식들이 온화함을 약속해주는 듯했다. 닫혀 있고 보호받는 세계. 둥지. 둥지라는 건 없다고? 그건 새잡이들의 허튼소리다.

"아이스크림 먹을 사람?"

마리산드라가 큰 소리로 묻고는 바닐라 아이스크림을

　　　　　엄마의 크리스마스

컵에 담았다. 우리는 어린애들처럼 부엌에 자리 잡고 앉았다. 테이블엔 딸기잼, 장군풀로 만든 과자, 햄, 블랙커런트로 담근 리큐어, 브르타뉴 과자 부스러기, 코냑, 치즈, 희고 신선한 꼬마 파이 같은 것들이 잔뜩 흩어져 있었다. 우리는 젊은 여자 식인귀들이었다. 유난히 말이 많은 마르타에게선 매력이 넘쳤다. 우리는 큰 소리로 떠들면서 손가락으로 먹고 병째로 마셨다.

바닐라는 달걀노른자 같은 색깔이 보기엔 좋았지만 검은 알갱이들에선 상한 버터 맛이 났다. 마르타의 여동생들은 큰 소리로 웃었다. 그들의 호의와 삶의 기쁨과 열기에 둘러싸여 있는 나는 아무 말도 하고 싶지 않았다. 흥분된 분위기 속에서 나만 초라하고 연약해 보였기 때문이다. 난 잿빛 아스파라거스처럼 처량했다. 사람이 이렇게 배은망덕해도 되는 걸까?

테이블은 단 몇 분만에 깨끗이 비었다. 흩어져 있는 부스러기가 우리의 야만성을 말해주었다. 나무 테이블의 틈새마다 기름진 찌꺼기가 끼어 있었다.

"자클린은 자기 어머니가 돌아가신 이후로 훨씬 좋아

졌어! 대부분 다 그렇지만."

마리산드라가 토끼고기 파이를 다시 집으며 말했다.

마리산드라의 허구적인 심리 세계를 좇다보면 번번이 머리가 뒤죽박죽되었다. 그 세계를 지배하는 것은, 20세기 말 여성에게도 해결되지 않은 오이디푸스 콤플렉스를 단순화한 규칙들이었다. 주변 사람들의 상상력을 혼란스럽게 하면서도 정작 자신이 어떤 사람인지는 드러내지 않는 이들에게 느끼게 되는 말도 안 되는 질투심을 나 역시 어렴풋이 느끼며 자클린이 누구인지를 물었다.

마르타가 웃음을 터뜨렸다.

"우리가 돌봐주고 있는 거식증 환자야. 서른여섯 살 된 굉장히 지적인 그리스어과 교수인데 보기에 따라서 열다섯 살로도 쉰 살로도 보이는 거 있지. 사오 년 전에 마리산드라의 미용연구소에 왔던 고객인데, 왜 그렇게까지 됐는지는 모르지만, 아무튼 그 여자는 누가 자길 만지는 걸 질색했어. 그런 여자들은 지성은 뛰어날지 몰라도 문제가 뭔지는 볼 줄을 몰라. 상식이 없으니 바보나 다름없지. 그 여자의 몰골은 정말 참담했어. 피부는 꺼칠꺼칠하고, 칼슘도 부족했고. 넌 아마 상상도 못 할 거다. 내가 그 여자 이빨을 거의 공짜로 치료해줬다니까. 전부 새로 만든 셈이야. 앞니는 상아질이 다 닳고, 어금니는 몽땅 내려앉았더라고. 원래 참 예쁜 턱이었는데! 하긴 치료받고 턱은 원래보다 더 예뻐졌지. 마리산드라가 설득해서 콜라겐 주사를 맞게 했어. 나이에 비해 주름이 너무 많았거든. 게다가 수영까지 시작했대. 이젠 어머니도 돌아가셨다니, 더 어떻게 변할지 모르지."

보통 때는 말이 없던 안솔랑주가 이번엔 다소 음흉한 목소리로 말했다.

"남자만 하나 있으면 딱 되겠네!"

"맞아, 자클린이 좋아져서 참 다행이야."

마리산드라는 다소곳이 눈을 내리뜨고 토스트를 들여다보며 대답했다.

"그런 환자들이 많니?"

나는 가슴이 약하게 뛰는 걸 느끼며 호기심에 차서 물었다.

갑자기 울음소리가 들려왔다. 모이라, 미나 그리고 멜리사가 잠에서 깬 것이다. 안솔랑주와 카트린이 달려갔다.

벌써 새벽 두 시가 다 되었다.

"얘, 나랑 같이 가자. 세탁기에서 빨래 좀 꺼내게. 그럼 안솔랑주가 좋아하겠지."

마르타가 천사 같은 목소리로 내게 제안했다. 난 얼떨결에 대답했다.

"그러자, 구둣가게의 난쟁이들처럼. 기억나니? 난쟁이들이 밤새도록 일을 해주잖아. 구두장이는 매일 아침 일어나서 놀라고."

난쟁이들처럼 한밤중에 일할 수 있는 에너지가 과연 내게도 있는지 확신이 안 섰다.

세탁기 돌아가는 소리가 마침내 멈췄다. 아마 그 소리 때문에 아이들이 잠을 깬 듯싶었다.

세탁실은 예전에 욕실로 쓰던 곳이었다. 잡다한 통들이 가득했다. 반쯤 비어 있는 세제 통, 갖가지 크기와 색깔의 플라스틱 물통, 수없이 많은 완전히 젖은 걸레들로 가득 찬 버들가지로 짠 쓰레기통, 그리고 더러운 빨랫감들이 넘쳐나는 자루 두 개까지, 모든 게 꺼칠꺼칠하고 끈적끈적했다. 마르타가 세탁기의 뚜껑을 열었다. 난 무릎을 꿇고 엎드린 채, 면으로 된 침대 시트며 나일론 속치마, 레이온 점퍼, 아기 우주복과 천문학적인 숫자의 양말들을 꺼냈다. 나 자신이 무기력하게 느껴지면서 울화가 치밀었다. 냄새가 역겨웠다. 그게 내 어지러운 마음 탓인지, 세탁기에서 풍기는 건지, 벽이나 혹은 다른 데에 배어 있던 건지 알 수 없었다. 나는 마르타에게 조심스레 말을 꺼냈다.

"이상한 냄새가 나. 아기들 옷은 아무래도 다시 빨아야겠어."

"걱정 마. 이 방에서 나는 냄새니까. 옷에선 냄새가 안 날 거야. 마르면서 다 날아가버리거든. 언제나 그랬어. 세탁실에선 고약한 냄새가 나고, 자동차에선 고양이 오줌 냄새가 나고. 어쩔 수 없어. 그저 너무 예민하지 않을 것, 그 외엔 방법이 없다고."

마르타가 날 안아주었다. 그녀의 목에 주름이 져 있었다.

"우리 둘이 서로 이야기할 시간도 없었구나. 그렇지만 난 요즘 네 생각을 참 많이 했어. 으제니오 때문에 넌 제대로 살지 못하고 있는 것 같아. 넌 또 너대로 걔를 괴롭히고 있고." 마르타의 목소리는 어느새 연극배우처럼 변해 있었다.

"네 손목 좀 봐. 내 손가락 한 개만 갖고도 얼마든지 부러뜨리겠다. 네가 다시는 붓을 안 쥘 거라고 했을 때, 네 재능을 믿을 수 없다고, 그 일이 너무 힘들다고 했을 때, 그때서야 난 너한테 무슨 일인가 일어났다는 걸 짐작할 수 있었어. 그 전엔 그냥 네가 너무 갑자기 거머쥔 성공으로부터 벗어나고 싶어 하는 거라고 생각하고 말았거든. 그런데 그보다 훨씬 더 심각하고 받아들일 수 없는 뭔가가 있었구나 하고 이해하게 된 거야. 내가 끼어들어야겠구나 싶더라. 넌 정말 너무 달라졌어. 네 아들은 너무 까탈스럽고, 넌 너무 마음이 약하잖아."

손을 씻고 싶었다. 손에는 아직도 역겨운 냄새가 끈질기게 남아 있었다. 감추고만 싶은 무언가가 거북스럽게 드러나듯.

다음 날 아침, 으제니오는 침대에 없고 집 안은 조용했다. 날씨는 좋은데 난 혼자였다. 테이블엔 메모가 남겨져 있었다.

"좀 이따 봐. 우리 모두로부터."

나는 커피나 한잔 마실까 하고 부둣가로 내려갔다. 길에선 기분 좋은 냄새가 나고, 조약돌 하나하나마다 무슨 추억이라도 깃들어 있는 듯하여 마음이 푸근해졌다.

햇빛, 커피, 신문, 정신을 자유롭게 풀어주기, 지나가는 사람들 구경하기, 방파제 끝에서 참치잡이 배들이 소금에 절인 생선 내리는 것 구경하기, 옆 사람들 이야기하는 것 엿듣기, 그러면서 웃기. 담배에 불붙이기.

나는 행복을 꿈꾸고 있었다. 홀로 있는 여인, 입술엔 미소를 띠고, 평온하고, 영혼은 하늘처럼 맑고. 그렇다, 난 강하면서도 평온하다. 자유롭다, 자유롭다, 자유롭다. 신문을 펼쳤다. 영국 여왕 소식이 지면을 차지하고 있었다. 지난 삼십 년간 왕조에서 일어났던 비화들. 으제니오에게 주려고 기사를 오렸다.

"샤를르 좀 봐!"

난 깜짝 놀랐다. (그러나 불행한 영국 왕자와는 이름만 같을 뿐 아무 관련도 없는) 샤를르라는 아이는 굴러갈 것처럼 작고 뚱뚱한 몸집에 머리통 양쪽으로 귀가 납작하게 접혀 있었다. 아이는 테이블 사이에서 투견장의 불독처럼 괴성을 지르며 재주넘기를 하고 있었다.

"생긴 건 제 아버지를 빼다 박았는데, 성질은 완전히 나라니까!"

옷을 잔뜩 껴입은 뚱뚱한 여자가 말했다.

갑자기 정신이 번쩍 들었다.

오늘 하루를 어떻게 보낼 것인가를 생각했다. 그 생각에 온 정신을 다 쏟았다. 으제니오한테 좀 더 신경을 써줘야 할

엄마의 크리스마스

것 같았다. 썰물이 되면 아이와 함께 방파제 뒤의 바위들 사이로 가봐야지. 거기 가면 게들이 있었다. 게를 어떻게 잡는 건지 아이에게 가르쳐주고 싶었다. 어쩌면 다른 동물들도 발견할 수 있을지 몰랐다. 내가 해보고 싶은 건 예전에 우리가 함께 만들었던 작품을 다시 한번 만들어보는 것이었다. 우리는 그것에 '바다의 보물'이라는 이름을 붙였다. 아이디어는 자크 프레베르의 「어느 새의 초상화를 그리려면」이라는 시에서 얻었다. 먼저 크고 작은 게들을 여러 마리 잡아다가 죽은 뒤에 말렸다. 다음엔 게 껍데기에 그림을 그렸다. 가면을 만들기도 하고, 풍경이나 기하학적인 형태, 얼굴도 그렸다. 바탕도 꾸며야 했다. 커다란 종이 아니면 진짜 화폭이나 석고판에 우리는 진짜 해조류와 색칠한 조개와 조약돌을 붙였다. 게와 불가사리도 붙였다.

으제니오도 분명 좋아할 것이다. 그건 카펫에 새긴 미로 '길의 노래'와도 아주 흡사하니까. 마르타에게 이야기해야겠다. 그림에 대한 내 열정은 이런 식으로 변했다고. 예전의 전시회라든가, 마르타가 날 위해 열어줬던 파티라든가, 한창때에 꺾여버린 내 경력 등을 아쉬워해서는 안 된다고.

"그러니까 네가 이해해. 안 그러면 비상수단을 써야 할 거야. 그냥 너한텐 권리가 없다는 사실을 이해하란 말이야."

마르타는 냉정하게 말했다. 그러나 예술이란 것도 그것이 삶 자체가 아니라면 무슨 소용 있겠는가? 삶을 훔쳐가버리고 아무것도 되돌려주지 않는다면?

가냘픈 희망이 다시금 솟았다. 그림보다 더 진실한 또 다른 그림. 더 단순하고, 멋을 부리지도 않고, 겸허하고, 장인 정신으로 그린 그림. 진심을 다해 그려서, 극히 하찮은 사물들과 이름 없는 사람들을 바라보는 우리의 관점을 바꿔놓고, 그들에 진정한 이름을 붙여줄 수 있는, 그런 그림. 갑자기 이런 말들조차 역겨워진 나는 눈으로 바다를 좇았다.

멀리 부두 끝에, 어렴풋이 작은 직사각형의 공중전화 부스가 보였다. 마침 안에선 마르타가 전화를 하고 있었다. 가슴이 조여들었다. 마치 친구의 광기가 날 위협하기라도 하듯. 난 'Mind your own business(네 걱정이나 해)'라고 차갑게 중얼거렸다. 그러자 갑자기 커피 맛이 느껴졌다. 답답했다. 하늘도 시커멓게 어두워졌다. 나는 마르타가 날 못 봤기를 바라며 카페를 나섰다.

엄마의 크리스마스

방파제 끝, 등대 바로 옆에 한 남자와 한 소년이 걷고 있었다. 우중충한 하늘에서 안개비가 내리기 시작한 탓에 그들의 모습은 흐릿하게 보였다. 남자와 소년은 해안으로 향하는 계단을 내려와 바다 쪽으로 멀어져갔다. 둘은 손을 잡고 있었다. 이제 둘은 달리기 시작했다. 남자가 소년을 어깨 위에 태우고 빙빙 돌다가 땅에 내려놓았다. 멀리서도 그들의 웃음소리가 들렸다. 그들은 놀고 있었다. 남자들과 어린 소년들, 그들의 세계는 우리로선 알 바가 아니다. 그 세계는 우리를 벗어나 있어 나로선 결코 이해할 수 없는 순간들로 이루어져 있다. 난 그걸 확신한다.

가벼움.

나는 그들이 있는 쪽으로 걷기 시작했다.

해안으로 향하는 계단을 내려가던 중, 돌연 그 두 사람이 으제니오와 아이 아빠라는 사실을 깨달았다. 맞다, 으제니오와 그였다. 그러나 그들은 날 보지 못했다.

내가 다가가서 말을 걸었다.

"참치잡이 배 구경 가지 않을래?"

"우선 인사부터 하지."

이젠 나에게도 낯선 타인인 남자가 말했다. 난 인사를 했다. 못 할 이유가 전혀 없었다.

참치잡이 배 '라스트리덴테'의 선원들은 친절하게 배를 구경시켜주었다. 선창은 녹이 슬어 뻘겋고, 악취는 숨이 막힐 지경이었다. 으제니오는 구석구석을 뒤지고 돌아다녔다.

아이가 비명을 질렀다. 갑판 위에서 커다란 거북이들이 가득 들어 있는 물탱크를 발견한 것이다. 으제니오의 비명에 놀라 거북이들이 모두 깨어났다. 거북이들은 어쩔 줄 모르고 서로의 몸 위로 기어올랐다. 선원 한 명이 우리에게 다가오더니 그물로 거북이 한 마리를 잡아 뒤집어 보여주었다. 신성한 갑옷 같은 거북이의 하얀 배 위에는 펜으로 그린 그림, 멋진 상형문자, 한자로 새긴 문신이 가득했다.

"이 녀석은 천 살도 더 먹은 것 같아요!" 남자가 말했다.

"원래 이건 절대 아무한테도 안 보여주는데, 이 어린 친구는 봐둘 필요가 있을 것 같아서 특별히 보여주는 겁니다. 이놈 배딱지엔 이런 말이 쓰여 있죠. 너는 아무에게도 빚진 게 없다. 바다로 나가라, 두려워 말고."

남자는 거북이의 흰 배를 쓰다듬어주고, 문신 위에 입

엄마의 크리스마스

을 맞추더니 다시 뒤집어서 수족관 속에 넣었다. "차우(잘 가), 우리 예쁜이! 참, 너 새도 좋아하니?"

으제니오는 대답하지 않은 채 남자를 쳐다보고만 있었다. 선원은 배 밑바닥으로 사라지더니 사원 모양으로 생긴 작은 새장 하나를 들고 돌아왔다.

"이건 나이팅게일 한 쌍이거든. 너도 알지. 중국 황제도 이 새를 키웠다더라. 녀석들이 앞은 잘 못 보지만, 노래는 부를 줄 알지." 그는 좀 몽상에 빠진 듯했다. "어쩌면 노래도 잘 못 부를지 모르겠다. 어떻게 알겠냐?"

"영국 여왕도 새들을 키우는데." 으제니오가 자랑스럽게 아는 척을 했다. "텔레비전에서 나이팅게일도 본 적이 있는데 똑같은 게 수백 마리나 되더라고요. 새 키우는 거나 그림 수집하는 거나 비슷한 거죠. 레오나르도 다빈치의 데생들, 아기를 안은 성모상들, 토끼를 그린 습작들, 까끌까끌한 천으로 된 공주의 드레스들, 성 안나의 초상들, 천사들, 해골들, 남자의 다리들, 괴상한 기계들, 참새들, 〈슬픔의 성모〉. 여왕이 가진 그림만 해도 최소한 육백 점은 넘을 거예요. 여왕의 성에는 없는 게 없어요, 판화도 수천 점씩이나 되고······."

"미안하다만 난 박물관의 그림 같은 것엔 취미가 없단
다. 그리고 여왕이라면 솔직히 구역질이 나. 나한텐 그럴만
한 이유가 있지. 다른 사람들과는 상관없는 일이지만. 이 새
들, 너 가질래? 얘들이 너한테 두세 가지 간단한 재주를 가
르쳐줄 거야. 네 편도 되어줄 거고."

그는 우리를 다리까지 데려다줬다. 우리는 다시 집으로
올라왔다. 으제니오는 새장을 흔들어댔다.

마르타는 얼른 날 부엌으로 끌고 갔다. 좋은 일이라도
생겨서 한껏 들뜬 듯한 얼굴이었다.

"어쩜 너희 식구가 같이 만나서 올 수 있니! 원래 네 남
편이 점심 먹으러 오기로 했거든. 널 놀래주려고. 너희 두 사
람 오랫동안 못 만났잖아. 아들이 꽤나 그리웠나봐. 그리고
참, 너도 알겠지만, 정신과 의사랑 재혼한다잖니. 굉장히 똑
똑하고 젊은 여자래. 자기 아들한테 진짜 가정이 어떤 건지
알게 해주고 싶대. 그 이야기를 나한테 와서 하는데 나도 그
게 모두에게 좋은 해결책이 될 거라는 생각이 들었어. 게다

엄마의 크리스마스

가 으제니오한테 그런 것들을 일일이 설명해주는 게 참 좋아 보이더라. 얼마나 자상하고 섬세하니! '으제니오, 선택권은 너한테 있어. 네가 선택하면 돼.' 그러니까 으제니오가 곧 네 이야기를 꺼내더군. '그럼 엄마는 어떻게 생각할까요?' 그래서 우리가 아이한테 설명을 해줬지. 네 엄마는 아들을 위해 너무 많은 걸 포기했다고. 엄마는 너무 약해져서 균형을 되찾기 위해 그림을 그릴 필요가 있다고. 그랬더니 녀석도 그 말이 맞는 것 같다는 거야. 그것도 그렇지만 무엇보다 그 나이의 사내아이는 남자들과 함께 있을 필요가 있어. 우리가 치마폭에만 싸서 키우면 어떻게 될지 알지? 너도 아들을 드래그 퀸으로 만들고 싶진 않을 거 아냐! 고대 그리스와 로마에서는 아들이 일곱 살 되는 생일날에 엄마한테서 떼어놓았대."

"그래서 뭐가 달라졌는데? 그리스와 로마에는 드래그 퀸이 없었대?"

더 이상 뭐가 뭔지 알 수 없었다. 마르타는 늘 동성애자들을 말도 못 하게 찬탄해오지 않았던가. 그들의 용기와 고정관념을 뒤엎는 힘에 대해. 모든 위대한 작가, 화가, 예술을

운운해가며. 그녀가 떠들어대는 말과 그녀의 속마음이 일치하지 않으리라고 의심해본 적은 한 번도 없다. 마르타가 보통 사람들과 똑같은 생각을 가지고 있다거나, 그처럼 가정을 중시한다거나 하는 건 상상도 못 했다. 또 그녀가 인생살이의 이런저런 곡절에 대해 자신은 다 알고 있다는 따위의 착각에 빠져 있는 줄도 몰랐다. 결국 내 인생에 이런 힘을 행사하리라는 것도, 이런 식으로 써먹으리라는 것도 예측하지 못했다. 나는 염증을 느끼며 마르타를 똑바로 쳐다보았다.

"내 아들의 미래에 대해서 어떻게 네가 이래라 저래라 할 수 있는 거니? 그게 너랑 무슨 상관인데? 넌 그 애를 좋아하지도 않잖아."

마르타의 정신은 나로선 닿을 수도 없는 높은 곳에 머물면서 날 내려다보고 있는 셈이었다. 그녀는 나를 샅샅이 훑어보고 긴 창으로 날 넘어뜨렸다.

"그럼, 아이 아빠가 얼마나 괴로워하는지는 알고 있니?"

"아니, 난 몰라. 그걸 누가 알겠니?"

아빠의 어깨 위에 올라타 있던 으제니오의 모습이 떠오

르며 눈앞이 흐려졌다.

무슨 일인가 일어났다. 이미 백 번도 더 일어났을지 모른다. 아니면 만 번. 받아들여야만 했다. 작은 비명 소리도 내지 말고, 아무 소리도 내지 말고, 무엇도 방해하지 말고. 모든 게 온전하게 있도록. 먼 훗날을 위해서.

거실 벽난로 앞에선 으제니오와 아이 아빠가 나이팅게일들을 들여다보고 있었다. 현실에선 기쁨도 결국은 슬픔을 낳는다. 그리고 그 모든 것으로부터 견딜 수 없는 불안이 생겨난다. 우리 집은 어떻게 되는 걸까? 작은 녹색 그림, 아담, 우리 카펫에 가위로 새겨넣은 미로, 우리가 맞춘 퍼즐들, 그리고 붉은 커튼. 영원히 잃고 마는 것인가.

어떡해야 할지 모르겠다. 가끔 앞이 전혀 안 보일 때가 있다.

이제 더 이상 길을 그린 그림도, 길도 없다. 아무것도 없다.

해변으로 내려갔다. 오래된 길을 따라 물을 향해 걸었

다. 주머니에 조약돌을 주워 넣고서. '주머니에 조약돌을 주워 넣고서' 이 표현을 누가 썼더라? 모든 게 다 바보 같은 이야기다. 아무 일도 일어나지 않았다. 특별한 일은 없다. 정말로 없다. 물이 이토록 잿빛인 적이 없다.

똑같은 잿빛을 그린다는 건 불가능하다.

엄마의 크리스마스

옮긴이의 말

    도시 전체가 휘황찬란해지는 크리스마스. 그 들뜬 분위기를 마치 전투하듯 '통과해야만' 하는 젊은 엄마와 어린 아들이 있다.

    저명한 화가로서의 경력을 한순간에 내팽개쳐버리고 남편과도 이혼한 채 도서관 사서로 쓸쓸히 살아가는 엄마 누크. 나이에 걸맞지 않게 영악하여 세상 돌아가는 이치를 꿰뚫고 있는 아들 으제니오. 찾아와줄 손님 하나 없이, 그들 둘이서만 크리스마스 축제를 즐겨야 하는 것이다. 맥도날드에서 햄버거를 사다 먹고, 텔레비전 드라마나 보고, 퍼즐 조각이나 맞추면서⋯⋯. 아무 소리 안 해도 처량하기 그지없는데, 인정머리 없는 아들 녀석은 이 쓸쓸한 크리스마스를 도대체 어쩔 셈이냐고 엄마를 다그친다. 겉으로 단정하기 이를 데 없지만 속은 상처로 문드러져 있는 엄마는 그럴 때마다 아들 앞에서 허둥댈 수밖에 없다.

엄마와 아들은 '즐거워야 한다'는 강박관념에 사로잡힌 채 여기저기 쏘다닌다. 장난감 가게, 애완동물 가게, 워터파크, 세탁소, 백화점, 성당, 친구네 별장⋯⋯. 가는 곳마다 그들은 희한한 사람들과 마주친다. 거지, 미친 노파, 택시 운전사, 꽃집 청년, 세탁소 여자⋯⋯. 낯선 곳, 낯선 사람들과 마주할 때마다 상처받을 일이 또다시 생길까봐 잔뜩 긴장한 채 경계 태세를 취하고 있는 둘의 모습은 처절하기까지 하다.

이 소설은 12월 23일에서 26일까지 나흘 동안 이 둘이 겪은 고독을 소름 끼치도록 섬세하게 그려내고 있다. 소설의 흡인력은 예리한 관찰자이며 이야기꾼인 누크로부터 나온다. 예술가로서의 끼를 억지로 누르고 사는 그녀는 지나친 자의식 때문에 주변의 사소한 것들도 그냥 흘려보내지 못한다. 송곳처럼 날카로운 감수성으로 집요하게 까발리는 것이

옮긴이의 말

다. 누크의 비관적이고 냉소적인 시선 속에선 어떤 공간, 어떤 인물이든 음울하고 몽환적인 색채를 띠게 된다. 마치 세상 전체가 누크를 더 쓸쓸하고 더 초라하게 만들기 위한 무대장치로 변해버린 듯.

소설을 번역하면서 한 대목 한 대목 넘어갈 때마다 막막해진 적이 많다. 복잡다단한 인간의 내면을 작가 특유의 유려한 문체로 풀어놓은 글이어서, 주인공의 머릿속에 들어가보기 전엔 도저히 정확한 번역을 할 수 없으리라는 생각이 들기도 했다.

오랜 시간을 허우적거리다보니 소설에 대한 객관적 시선은 가질 수 없게 되었다. 그래서 난 잘 모르겠다, 독자들이 얼마나 재미있게 읽을지. 다만 정말로 외로워본 적이 있는 사람이라면, 아이를 키우는 중년의 엄마라면, 문화적 차이에도 불구하고 가슴 저미는 동감을 느낄 대목이 많으리라 기대해본다. 그렇지 못하다면 그건 미숙한 번역 탓이 아닐지.

조현실

엄마의 크리스마스

초판　1쇄 발행　2002년 12월 30일
개정판 1쇄 인쇄　2021년 12월 15일
개정판 1쇄 발행　2021년 12월 25일

지은이　쥬느비에브 브리삭
옮긴이　조현실
펴낸이　정중모
펴낸곳　도서출판 열림원

출판등록　1980년 5월 19일 (제406-2000-000204호)
주소　경기도 파주시 회동길 152
전화　031-955-0700
팩스　031-955-0661
홈페이지　www.yolimwon.com
이메일　editor@yolimwon.com
페이스북　/yolimwon
트위터　@yolimwon
인스타그램　@yolimwon

주간　김현정
편집　조혜영 장서원 황우정 최연서
디자인　강희철
마케팅 홍보　김선규 임윤정
온라인사업　서명희
제작 관리　윤준수 이원희 고은정 원보람

ISBN　979-11-7040-065-3　04860
ISBN　979-11-7040-064-6 (세트)